LA QUÊTE DE DELTORA

Les Forêts du Silence

Les Montagnes
Redoutables

Le Labyrinthe
de la Bête

Les Sables
Mouvants

La Vallée
des Égarés

LE PAYS DE

L'auteur

Auteur australien à succès, **Emily Rodda** a publié de nombreux livres pour la jeunesse et les adultes, en particulier la célèbre série « Raven Hill Mysteries » qui lui assure un lectorat de plus en plus important. Elle a reçu plusieurs fois le prestigieux prix Children's Book Council of Australia Book of the Year Award.

La série

LA QUÊTE DE DELTORA :

LA QUÊTE DE DELTORA

Les Forêts du Silence

Emily Rodda

*Traduit de l'australien
par Christiane Poulain*

Éditions
■SCHOLASTIC

Titre original :
Deltora Quest
Book one : *The Forests of Silence*

Loi n° 49 956 du 16 juillet 1949 sur les publications destinées
à la jeunesse : avril 2006

Publié pour la première fois en 2000 par Scholastic Australia Pty
Limited.
Copyright © Emily Rodda, 2000, pour le texte et le graphisme.
Graphisme de Kate Rowe.
Copyright © Marc McBride, 2000, pour les illustrations
de la couverture.
Copyright © Éditions Pocket Jeunesse, département d'Univers Poche,
2006, pour la traduction française.

Édition publiée par les Éditions Scholastic, 604, rue King Ouest,
Toronto (Ontario) M5V 1E1 CANADA
pour la traduction française

ISBN 978-0-545-99263-3

Première partie :
LA CEINTURE DE DELTORA

1

Le Roi

Discrètement adossé à un pilier de marbre, Jarred clignait des yeux, las et désorienté au milieu de la cohue.

Il était minuit. Arraché au sommeil par des cris et des volées de cloches, le garçon s'était vêtu en hâte et avait rejoint la foule de nobles qui affluaient vers la grande salle du palais.

— Le roi est mort, chuchotait-on. Le jeune prince va être couronné d'un instant à l'autre.

Jarred n'en croyait pas ses oreilles. Le roi de Deltora, avec sa longue barbe tressée et ses robes de brocart, avait succombé à l'étrange fièvre qui l'avait obligé à garder le lit au cours des semaines passées. Sa voix profonde et tonitruante ne retentirait plus jamais dans les couloirs du château. Jamais plus il ne festoirait, joyeux, dans la salle des banquets.

Le roi Alton avait suivi sa femme la reine dans la tombe. La fièvre les avait l'un et l'autre emportés. Et à présent...

« À présent, Endon va être roi », pensa Jarred. Il secoua la tête, incrédule. Endon et lui étaient amis depuis l'enfance. Un monde, cependant, les séparait.

Car si Endon était le fils du roi et de la reine, le prince de Deltora, Jarred, lui, avait perdu son père – un serviteur fidèle mort au service du souverain – à l'âge de quatre ans.

On l'avait donné pour compagnon à Endon, afin que le jeune prince ne grandît pas solitaire. Ils avaient été élevés ensemble comme des frères, prenant leurs leçons dans la salle d'étude, taquinant les Gardes, quémandant des friandises aux cuisines, s'ébattant dans les vastes jardins verdoyants.

Les autres enfants qui habitaient la demeure royale – fils et filles de nobles et de domestiques – ne quittaient pas les chambres et les endroits du parc qui leur étaient assignés. Ainsi que l'exigeait la coutume, Jarred et Endon ne les voyaient jamais, excepté dans la grande salle les jours de fête. Cela, toutefois, ne les empêchait pas de s'amuser.

Ils possédaient une cachette – un gros arbre creux non loin des grilles d'enceinte du palais. Ils s'y dissimulaient pour échapper à Min, leur vieille bonne bougonne, et à Prandine, le conseiller en chef du roi, un homme long, sec et rude qu'ils n'aimaient guère.

Ils s'exerçaient au tir à l'arc, pratiquant un jeu qu'ils avaient baptisé « Viser Haut » – le gagnant était celui qui, le premier, décochait une flèche dans la cime.

Ils avaient également inventé un code secret qu'ils utilisaient pour se transmettre messages, plaisanteries et mises en garde au nez et à la barbe de leur précepteur, de Min ou de Prandine.

Ainsi, Jarred se réfugiait dans le tronc évidé quand Min voulait lui administrer une cuiller d'huile de foie de morue – remède qu'il détestait. Endon passait devant l'arbre et y glissait un morceau de papier.

```
NEL EVEL APEL ASEL AUEL
XEL CEL UISEL INEL ESEL
MEL INEL YEL EEL STEL
```

À première vue, c'était un tissu d'absurdités. Qui aurait pu en deviner le sens si, d'aventure, le message lui était tombé entre les mains ? En vérité, le décryptage en était simple comme bonjour. Il suffisait d'écrire toutes les lettres à la suite en omettant « EL » :

NEVAPASAUXCUISINESMINYEST,

puis de les diviser en mots qui faisaient sens :

NE VA PAS AUX CUISINES. MIN Y EST.

✳

À mesure que les années s'écoulaient, tâches et devoirs prirent peu à peu le pas sur les jeux. Les deux enfants consacraient l'essentiel de leur temps à l'apprentissage de la Règle – les mille et une lois et coutumes qu'observait la famille royale. La Règle gouvernait leurs vies.

Ils devaient rester assis sans bouger – Jarred avec beaucoup moins de patience qu'Endon – tandis que l'on nattait et entrelaçait de corde dorée leurs longs cheveux, ainsi que l'édictait la Règle. Des heures durant, ils apprenaient à marteler du métal chauffé au rouge pour le façonner en épées et en boucliers. Le premier roi de Deltora avait été maréchal-ferrant et la transmission de cet art faisait partie de la Règle.

Chaque début de soirée, Jarred et Endon avaient quartier libre. Ils pouvaient faire ce que bon leur semblait, hormis escalader le mur qui ceignait le parc ou franchir les grilles au-delà desquelles s'étendait la cité. Car le prince de Deltora, comme le roi et la reine, ne devait pas se mêler aux gens ordinaires.

C'était là un élément important de la Règle... que Jarred avait parfois envie de transgresser. Mais

Endon, petit garçon modèle, le suppliait de ne pas même y songer.

— C'est interdit, déclarait-il d'un ton empreint d'anxiété. Prandine craint déjà que tu n'aies une mauvaise influence sur moi. Il l'a dit à mon père. Si tu violes la Règle, tu seras chassé, Jarred. Et je ne le veux pas.

Pas plus que ne le voulait Jarred. Endon lui manquerait énormément. Et où irait-il s'il devait quitter le palais ? C'était l'unique foyer qu'il eût jamais connu. Il refrénait donc sa curiosité, et la cité au-delà du mur d'enceinte lui demeurait aussi impénétrable qu'à Endon.

Le son des trompettes de cristal tira Jarred de ses pensées.

Comme tout le monde dans la grande salle, il se tourna vers l'extrémité opposée.

Endon parut entre une haie de Gardes royaux en uniforme bleu ciel brodé d'or.

« Pauvre Endon ! songea Jarred. Comme il a du chagrin ! »

Il eût voulu être à ses côtés afin de lui prodiguer soutien et réconfort. Mais on ne l'avait pas appelé. À sa droite, s'avançait le conseiller Prandine, raide et arrogant.

Jarred lui jeta un regard d'antipathie. Le conseiller paraissait encore plus long et sec qu'à l'accoutumée. Habillé d'une robe pourpre, il portait une boîte drapée d'un tissu d'or. À chacun de ses pas, il projetait la tête en avant, de sorte qu'on eût dit un grand oiseau de proie.

Endon, les yeux voilés par la tristesse, semblait minuscule et pâle dans sa veste d'argent empesée au col montant orné de pierreries. Pourtant, il levait haut le menton, fièrement, ainsi qu'on le lui avait inculqué. Depuis son plus jeune âge, on l'avait préparé à cet événement.

— À ma mort, tu seras roi, mon fils, lui avait maintes fois répété le monarque. Ne manque pas à ton devoir.

— Je ne faillirai pas, père, lui répondait Endon avec soumission. J'accomplirai ce qui doit l'être le moment venu.

Cependant, pas plus le prince que Jarred n'avaient imaginé ce jour aussi proche. Le roi était si vigoureux, si plein de santé... À le voir, on avait l'impression qu'il allait vivre éternellement.

Parvenu au bout de la grande salle, Endon monta les degrés qui menaient à l'estrade. Puis il fit volte-face et affronta la nombreuse assistance.

— Qu'il est jeune ! souffla une femme à côté de Jarred.

— Chut ! la réprimanda sa voisine. C'est l'héritier légitime.

Nerveuse, elle lançait des regards en direction de Jarred. Le garçon ne la connaissait pas, mais il comprit qu'elle savait qui il était et redoutait qu'il ne rapporte à Endon les propos de son amie. Il détourna vivement les yeux.

Les trompettes de cristal retentirent de nouveau et des murmures d'excitation parcoururent la foule.

Prandine avait déposé son fardeau sur un guéridon près du trône. Il ôta l'étoffe brochée, révélant une boîte en verre qu'il ouvrit. Il y prit un objet étincelant.

La Ceinture magique de Deltora... Tous poussèrent une clameur assourdie. Jarred retint sa respiration. Bien qu'il en eût entendu parler depuis sa plus tendre enfance, il ne l'avait jamais vue.

Elle reposait dans l'éclat de sa beauté et de son mystère, cette Ceinture vénérable qui, pendant des centaines d'années, avait tenu à distance le cruel Seigneur des Ténèbres qui régnait au-delà des Montagnes Redoutables.

Entre les doigts osseux de Prandine, elle paraissait aussi délicate que de la dentelle, et les sept grosses pierres serties sur toute sa longueur semblaient être de somptueuses décorations. Mais, en réalité, la Ceinture avait été forgée dans l'acier le plus résistant et chaque gemme jouait son rôle dans la magie qui protégeait le royaume : la topaze, symbole de loyauté, safran tel le soleil à son coucher ; l'améthyste, symbole de vérité, de la couleur des violettes qui poussaient sur les berges du fleuve Del ; le diamant, symbole de pureté et de force, aussi limpide et éblouissant que la glace ; l'émeraude, symbole de l'honneur, verte comme l'herbe luxuriante ; le lapis-lazuli, la pierre d'azur, bleu profond semé de pointes d'argent, à l'instar de la voûte étoilée ; le rubis, symbole du bonheur, pareil à du sang vermeil ; l'opale, enfin, symbole de l'espoir, irisée à l'image de l'arc-en-ciel.

La foule suspendit son souffle quand Prandine se baissa pour attacher la Ceinture à la taille d'Endon. Se tenant bien en arrière, les doigts tâtonnants, le conseiller se montrait effrayé. Pourquoi ? s'étonna Jarred.

Soudain, il y eut un claquement sec quand l'agrafe se mit en place et Jarred eut la réponse à sa question. Prandine s'écarta d'un bond, il y eut un crépitement... et la Ceinture parut exploser de lumière.

Les pierres flambaient tel du feu, illuminant la grande salle de leur scintillement iridescent. Les gens étouffèrent un cri et, détournant le visage, se couvrirent les yeux de leurs mains.

Endon se dressait, les bras levés, à demi dissimulé par le trait de lumière aveuglant. Il n'était plus désormais un banal garçonnet au regard triste. La Ceinture magique avait reconnu en lui l'authentique héritier du trône de Deltora. Lui, et lui seul, pourrait dorénavant utiliser son mystère, sa magie et son pouvoir.

Mais Endon les utiliserait-il ? songea brusquement Jarred. Son père les avait-il utilisés ? Le roi Elton faisait-il autre chose que suivre scrupuleusement des règles établies des siècles auparavant ?

Jarred regarda l'embrasement se muer peu à peu en une lueur clignotante. Il observa le jeune roi qui débouclait la Ceinture et la tendait à Prandine. Il observa le conseiller, à présent souriant, qui la replaçait dans sa boîte de verre.

Jarred connaissait la suite. Conformément à la Règle, on remiserait la Ceinture dans la plus haute pièce du donjon. On en scellerait la porte à l'aide de trois cadenas d'or et on y posterait trois Gardes vêtus d'uniformes de brocart.

Et après... eh bien, la vie reprendrait son cours habituel. Prandine et les membres du gouvernement présideraient aux destinées du royaume.

Le roi assisterait à des cérémonies et à des fêtes, rirait aux facéties des baladins et aux prouesses des acrobates, s'entraînerait au tir à l'arc et au forgeage. Il resterait immobile des heures durant tandis qu'on tresserait ses cheveux puis, un beau jour, sa barbe. Il signerait un tas et un tas de documents et y apposerait le sceau royal. Il obéirait à la Règle.

D'ici à quelques années, il épouserait une jeune fille de haut lignage choisie par Prandine et ayant elle aussi passé sa vie entre les murs du palais. Il leur naîtrait un enfant mâle, qui succéderait plus tard à Endon. Et cet enfant ne porterait la Ceinture qu'en une seule occasion, avant qu'on la remît sous clé.

Pour la première fois, Jarred s'interrogea. Était-ce judicieux ? Pour la première fois, il se demanda à quoi servait la Ceinture. Pour la première fois, il se surprit à avoir des doutes – était-il sage de laisser pareille puissance au service du bien dormir au sommet d'une tour alors que le royaume qu'elle était censée protéger s'étendait, invisible, à l'extérieur de murs infranchissables ?

À l'insu de tous, le garçon se glissa hors de la grande salle et monta quatre à quatre l'escalier qui conduisait à la bibliothèque du palais. Cela aussi était une première. Jarred n'avait jamais eu de goût pour l'étude.

Cependant, la bibliothèque était l'unique endroit où il avait des chances de trouver des réponses aux questions qui le tourmentaient.

2

La Ceinture de Deltora

Au terme de recherches fastidieuses, Jarred dénicha enfin un livre susceptible de l'aider. Sur la couverture en toile bleu fané, le temps avait effacé les caractères dorés.

Mais le titre, à l'intérieur, était toujours très lisible.

La Ceinture de Deltora

son histoire, son pouvoir, sa magie

Ce livre ne ressemblait en rien aux splendides volumes ornés d'enluminures qu'Endon et lui lisaient dans la salle d'étude, ni aux nombreux gros ouvrages qui garnissaient les rayonnages de la bibliothèque.

De petit format, mince et plein de poussière, on l'avait fourré dans un coin sombre parmi des montagnes de papier, comme si on avait voulu le dissimuler à jamais.

Jarred le posa avec précaution sur une table, déterminé à le déchiffrer de la première à la dernière ligne. Et s'il lui fallait y passer la nuit entière, qu'importait ? Qui donc viendrait le déranger ? Personne n'avait besoin de lui. Endon se rendrait tout droit de la grande salle à la chapelle où reposait le corps de son père, entouré de bougies. Il le veillerait seul jusqu'à l'aube, ainsi que le prescrivait la Règle.

« Pauvre Endon ! » songea Jarred. Quelques jours plus tôt, le prince avait veillé la dépouille de sa mère. À présent, il était orphelin, comme lui. Mais du moins pouvaient-ils compter l'un sur l'autre. Ils étaient amis à la vie à la mort. Et Jarred le protégerait de son mieux.

Le protéger de quoi ?

La question le transperça telle une lame acérée. Pourquoi ces craintes soudaines concernant Endon ? Qui, ou quoi, pouvait menacer le tout-puissant roi de Deltora ?

« Je suis fatigué, pensa Jarred. Je divague. »

Il secoua la tête avec impatience et alluma une chandelle neuve afin d'éclairer l'obscurité. Cependant, le sourire qu'avait eu Prandine lorsqu'il avait remis la Ceinture dans son écrin ne cessait de flotter à la lisière de sa conscience, comme le souvenir flou d'un cauchemar à demi oublié. Fronçant les sourcils, Jarred baissa le nez vers le livre et entama sa lecture.

✝   Dans les temps anciens, sept tribus se partageaient le pays de Deltora. Si elles défendaient au besoin leurs frontières, elles ne cherchaient pas à envahir leurs voisins et demeuraient sur leur territoire. Chacune possédait une pierre précieuse venant du plus profond de la terre, un talisman doté de pouvoirs particuliers.

✝   Puis, un jour, l'Ennemi du Pays des Ténèbres jeta sur Deltora un regard chargé de convoitise. Les tribus étaient divisées et aucune ne pouvait à elle seule repousser l'envahisseur, qui triompha.

✝   Un héros, Adin, sortit du rang. C'était un homme du peuple, un maréchal-ferrant qui forgeait des épées, des armures, des fers pour les chevaux. Mais les fées s'étaient penchées sur son berceau et lui avaient accordé force, bravoure et intelligence.

✝   Une nuit, Adin vit en rêve une ceinture de toute beauté – sept médaillons d'acier martelés jusqu'à avoir la légèreté de la soie que reliait une chaîne d'une extrême finesse, et dans lesquels étaient enchâssées les sept pierres des tribus.

✝ Comprenant que le songe lui avait été envoyé à dessein, Adin se mit à l'ouvrage. Dans le plus grand secret, il besogna des mois afin de reproduire cette merveille. Son œuvre achevée, il sillonna le royaume dans le but de persuader les tribus d'y ajouter leur talisman.

✝ D'abord soupçonneuses, ces dernières, désireuses de sauver leurs terres, finirent par baisser leur garde et acceptèrent. À mesure que leurs pierres devenaient partie intégrante de la ceinture, elles gagnaient en puissance. Cependant, elles veillaient à ne pas faire étalage de leur force neuve, attendant leur heure.

✝ Quand les sept pierres précieuses ornèrent enfin les médaillons, Adin passa la ceinture autour de sa taille. Elle étincela comme le soleil. Les tribus se rallièrent à lui et formèrent une immense armée. Ensemble, ils chassèrent l'Ennemi hors de leur pays.

✝ C'est ainsi qu'Adin devint le premier roi des tribus unies de Deltora. Son règne fut long et sage. Pas un instant il n'oublia qu'il était un homme issu du peuple et que la confiance que celui-ci plaçait en lui constituait la source même de son pouvoir. Il n'oublia pas que l'Ennemi, bien que défait, n'était pas anéanti. Il le savait rusé et fourbe, et n'ignorait pas que, à l'aune de sa colère et de sa cupidité, mille ans durent à peine le temps d'un battement de paupières. **Aussi portait-il toujours la ceinture, ne la laissant jamais loin de son regard...**

Jarred poursuivait sa lecture et sentait croître son inquiétude au fil des pages. Il avait un crayon et du papier dans sa poche, mais il ne jugea pas nécessaire de prendre des notes. Les mots se gravaient en lettres de feu dans sa tête. Sa moisson était inespérée. L'ouvrage était une mine de renseignements, non seulement sur Deltora, mais aussi sur la Règle.

✝ **Le roi Elstred, le petit-fils d'Adin, fut le premier souverain à dédaigner la ceinture. Devenu gras dans la force de l'âge à cause de son goût immodéré pour la bonne chère, il prétendit que l'acier lui entamait cruellement la panse. Son conseiller en chef apaisa ses craintes, affirmant qu'il suffisait de mettre la ceinture lors des grandes occasions. La fille d'Elstred, la reine Adina, suivant l'exemple de son père, ne la ceignit que cinq fois au cours de son règne ; son fils, le roi Brandon, trois. Et, pour finir, la coutume s'instaura de ne l'arborer que le jour du couronnement.**

✝ **Sur les instances de son conseiller en chef, le roi Brandon fit édifier par les maçons de Ralad un vaste palais sur la colline située au cœur de la cité de Del. La famille royale quitta la vieille forge de maréchal-ferrant pour s'y installer et, petit à petit, l'usage**

fit qu'elle demeura entre ses murs, à l'abri de tout danger...

Le cœur lourd, Jarred referma le vieil ouvrage. La chandelle était basse et les premières lueurs de l'aube filtraient à travers la fenêtre. Il resta assis un moment, pensif. Puis il glissa le livre sous sa chemise et courut rejoindre Endon.

La chapelle avait été creusée dans le sol, sous une partie paisible du palais. Elle était froide et silencieuse. En son centre, le corps du vieux roi reposait sur une estrade de marbre, entouré de bougies. Endon, agenouillé, la tête inclinée, leva ses yeux noyés de larmes à l'arrivée de Jarred.

— Que fais-tu là, Jarred ? chuchota-t-il. C'est contraire à la Règle.

— L'aube commence à poindre, répliqua Jarred, hors d'haleine. Et il fallait que je te parle.

Endon se releva avec raideur et s'avança vers lui.

— À quel propos ? demanda-t-il à voix basse.

Jarred avait la tête pleine de sa lecture. Les mots se bousculèrent sur ses lèvres.

— Endon, tu dois porter en permanence la Ceinture de Deltora, ainsi que le faisaient les rois et les reines des temps jadis.

Endon, perplexe, le dévisagea.

Jarred lui prit le bras.

— Viens ! le pressa-t-il. Allons la chercher !

Mais Endon ne bougea pas d'un pouce.

— Comment le pourrais-je, Jarred ? La Règle, tu le sais fort bien...

À bout de patience, Jarred tapa du pied.

— Au diable, la Règle ! Ce n'est qu'un recueil de traditions qui se sont répandues au fil des ans et que les conseillers en chef ont érigées en lois. Le résultat, c'est que chaque nouveau roi de Deltora possède moins de pouvoir encore que son prédécesseur. À toi de redresser la barre, Endon. Va chercher la Ceinture et mets-la. Puis tu m'accompagneras hors du palais.

Jarred parlait trop vite, avec trop de véhémence. Endon, les sourcils froncés, battit en retraite.

— Tu as l'esprit malade, mon ami, chuchota-t-il, nerveux. Ou bien tu es la proie d'un rêve.

Jarred lui emboîta le pas.

— Non ! s'obstina-t-il. C'est toi qui vis dans un rêve. Il te faut voir comment sont les choses à l'extérieur du palais – dans la cité et au-delà.

— Je vois la cité, Jarred, répliqua Endon. Je la contemple chaque jour de ma fenêtre. Elle est belle.

— Mais tu ne parles pas à tes sujets. Tu ne te mêles pas à eux.

— Bien sûr que non ! La Règle l'interdit ! se récria

Endon, le souffle coupé. Cependant, je sais que tout est pour le mieux.

— Tu ne sais rien, hormis ce que t'en dit Prandine ! hurla Jarred.

— Et cela ne suffit-il point ?

La voix froide trancha l'air comme le fil acéré d'une épée.

3

La fuite

S ous l'effet de la surprise, Endon et Jarred pivotèrent tout d'un bloc. Prandine, debout dans
l'embrasure de la porte, fixait sur Jarred des
yeux étincelants de haine.

Il entra à grands pas dans la chapelle.

— Comment oses-tu donner l'envie au Roi de se
détourner de ses devoirs et de la Règle, vil laquais ?
souffla-t-il. Tu as toujours été jaloux de lui. Et voilà
qu'à présent tu cherches à l'assassiner ! Traître !

— Non ! s'exclama Jarred, qui refit face à Endon.
Crois-moi ! l'implora-t-il. Seul ton bien me tient à
cœur.

Mais Endon, horrifié, esquissa un mouvement de
recul.

Jarred plongea la main dans sa chemise pour y
prendre le livre – afin de le montrer à Endon et de
lui prouver que ses propos étaient fondés.

Prandine bondit en avant et enveloppa le roi de sa cape comme pour le protéger.

— Prenez garde, Votre Majesté ! Il a un couteau ! (Il se mit à pousser des cris stridents :) Assassin ! Traître ! À moi, Gardes ! À moi !

L'espace d'un bref instant, Jarred demeura cloué sur place. Puis il entendit des cloches sonner l'alarme, des ordres braillés à tue-tête, un lourd piétinement de pieds se rapprochant de la chapelle. Il comprit que Prandine tenait l'occasion qu'il attendait depuis si longtemps – se débarrasser de lui pour de bon.

S'il voulait rester en vie, il devait fuir. Bousculant Prandine, Jarred se rua hors de la chapelle, monta l'escalier ventre à terre et fila comme le vent jusqu'au fond du palais. Là, il s'engouffra dans les vastes cuisines noyées de pénombre. Les cuisiniers s'affairaient à allumer les imposants fourneaux. Dans son dos, retentissaient les vociférations des Gardes :

— Traître ! Arrêtez-le ! Arrêtez-le !

Les cuisiniers, cependant, ne levèrent pas le petit doigt pour s'emparer de Jarred. Comment auraient-ils pu imaginer que les Gardes étaient à ses trousses ? C'était le jeune ami du roi, ils le connaissaient depuis toujours. Ils se contentèrent donc de le regarder ouvrir la porte à la volée et s'élancer au-dehors.

Il n'y avait pas âme qui vive, excepté un vieil homme vêtu de haillons qui déversait des restes de nourriture dans une carriole tirée par un cheval.

Jarred se jeta sous le couvert d'épais buissons qui poussaient le long des murs du palais. Le vieillard ne le vit pas.

Se courbant, Jarred se fraya un chemin parmi la végétation jusqu'à la façade du château. Puis, décrivant des zigzags, il courut vers l'arbre près des grilles où Endon et lui s'étaient si souvent dissimulés pour échapper à Min. Il se glissa dans le tronc creux et s'y blottit, hors d'haleine. À coup sûr, les Gardes finiraient par le débusquer. Peut-être Endon leur indiquerait-il même la cachette. Et quand ils auraient mis la main sur lui, ils le tueraient. Il n'en doutait pas une seconde.

Il maudit son impatience. Il se reprocha d'avoir effrayé Endon par ses paroles décousues à un moment où le roi, las et affligé, n'était plus lui-même. Se blâma d'avoir fait le jeu de Prandine.

Un grincement, non loin de lui, lui fit jeter un regard prudent hors de sa cachette. La carriole, avec son chargement de déchets, avançait en cahotant vers les grilles du palais. Le vieil homme, assis sur le devant, pressait sa jument fatiguée en secouant pitoyablement les rênes.

Jarred sentit son cœur bondir dans sa poitrine. Peut-être parviendrait-il à s'enfuir, en fin de compte. Sauf que, dans ce cas, il livrerait Endon pieds et poings liés à Prandine. Car Jarred, désormais, avait la certitude que le conseiller était un être malveillant.

En restant, tu signes ton arrêt de mort. Et alors, tu ne seras plus jamais capable de secourir Endon. Plus jamais.

Cette pensée le fit revenir à la raison. Il prit son crayon et du papier dans sa poche et griffonna un message.

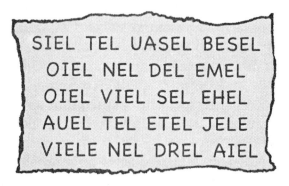

SIEL TEL UASEL BESEL
OIEL NEL DEL EMEL
OIEL VIEL SEL EHEL
AUEL TEL ETEL JELE
VIELE NEL DREL AIEL

Il le fourra dans un trou de l'écorce. Endon le trouverait-il ? Reviendrait-il un jour à cet endroit s'il ajoutait foi aux propos de Prandine ?

Le sort en était jeté. Il avait agi au mieux et la carriole approchait. Bientôt elle passerait sous l'arbre. Il devait saisir sa chance.

Ainsi qu'il l'avait si souvent fait dans le passé, il grimpa le long du tronc évidé et sortit par un orifice qui béait au ras de la branche la plus basse.

Il vit que l'endroit grouillait de Gardes. Mais se cacher était pour lui un jeu d'enfant. Il s'allongea sur le ventre, se plaquant contre la branche, prenant garde de ne pas la faire osciller.

La carriole se trouvait sous lui, à présent. Il guetta le moment propice et se laissa tomber en souplesse, s'enfouissant à la hâte dans le tas d'immondices jusqu'à y disparaître.

Il avait le visage enfoncé dans des croûtons de pain, des pelures de pommes, des bouts de fromage moisi, des os rongés, des gâteaux à demi grignotés... L'odeur était épouvantable. Jarred était à deux doigts de vomir. Fermant fort les yeux, il s'efforça de ne pas respirer.

Il entendait résonner les pas du cheval, les cris lointains des Gardes lancés à ses trousses... et enfin le grincement de la première grille qu'on ouvrait.

Son cœur grondait quand la carriole reprit sa route. Puis il entendit la première grille se refermer, la seconde s'ouvrir. Vite, vite...

La carriole brinquebalait et cahotait. La grille à son tour se referma. Alors Jarred comprit que, pour la première fois de sa vie, il se trouvait à l'extérieur des murs du palais. À présent, la carriole descendait bruyamment la colline. Bientôt il serait dans la belle cité qu'il avait si souvent contemplée de sa fenêtre.

Aiguillonné par la curiosité, il se dégagea jusqu'à avoir les yeux et le nez au-dessus des déchets.

Il faisait face au palais. Il en voyait le mur d'enceinte et les grilles. Il distinguait le haut du creux de l'arbre. Mais – et il en loucha d'étonnement – pourquoi n'apercevait-il pas les tours ou la cime des arbres du parc ? Au-dessus de la muraille ne flottait qu'une brume chatoyante.

Il se frotta les yeux. La brume ne s'estompa pas.

Désemparé, il tourna la tête vers la cité en contre-bas. Et resta sous le choc. Frappé d'horreur, il ne retint un cri qu'à grand-peine. Car là où il attendait la beauté, il ne découvrit que laideur.

Les superbes édifices tombaient en ruine. Les routes n'étaient qu'ornières. Les mauvaises herbes étouffaient les champs de blé desséchés. Les arbres étaient rabougris et tordus. Et, au pied de la colline, des gens maigres et loqueteux patientaient, portant des paniers et des sacs.

Jarred se contorsionna pour s'extraire des ordures. En plein désarroi, il se fichait bien que le conducteur l'entende ou non ; contre toute attente, le vieil homme ne tourna pas la tête. Jarred comprit qu'il était sourd. Muet aussi, sans doute, car il n'avait pas prononcé un mot, même à l'adresse du cheval.

Jarred bondit de la carriole et roula dans le fossé sur le bas-côté de la route. Étendu, il observa le véhicule, qui, parvenu à destination, s'arrêtait. Le vieil homme demeura immobile, regardant droit devant lui, tandis que les miséreux s'agglutinaient autour du tas d'immondices. Jarred les vit se disputer âprement les restes des tables du palais et fourrer os rongés, croûtons et épluchures qui dans leurs paniers, qui dans leurs bouches.

Les habitants de Del mouraient de faim.

Bouleversé, Jarred reporta les yeux sur le palais. Il n'en discerna que le faîte des tours, émergeant au-dessus de la brume.

En cet instant, peut-être Endon était-il accoudé à sa fenêtre, contemplant la cité en contrebas. Il ne voyait que paix, beauté et abondance. Il voyait un mensonge. Des images trompeuses, projetées sur un écran de brume.

Depuis combien d'années cette magie maléfique aveuglait-elle les rois et les reines de Deltora ? Et de qui était-elle l'œuvre ?

Des mots du vieux livre poussiéreux revinrent à l'esprit de Jarred et il frissonna d'épouvante.

... Il savait l'Ennemi rusé et fourbe, et n'ignorait pas que, à l'aune de sa colère et de sa cupidité, mille ans durent à peine le temps d'un battement de paupières.

Le Seigneur des Ténèbres sortait de sa torpeur et se préparait à la guerre.

4

La forge

Plus tard, Jarred se rappela à peine avoir rampé hors du fossé. Il ne se souvint pas de s'être frayé un chemin en trébuchant à travers l'enchevêtrement de mauvaises herbes et de ronces qui bordaient la route. Il ignorait ce qui avait guidé ses pas vers la forge du maréchal-ferrant, où, pour finir, il tomba évanoui sur le sol.

Peut-être entrevit-il le rougeoiement du feu. Peut-être entendit-il le marteau frapper le métal incandescent, et le bruit lui remémora-t-il ses leçons avec Endon. Ou peut-être l'esprit d'Adin veillait-il sur lui. Car Crian, le maréchal-ferrant, entêté et intrépide, était sans doute l'unique habitant de Del qui eût accepté d'accueillir le fugitif.

Crian le ranima et le soutint jusqu'à la petite maison située derrière la forge. À son appel, une fillette au doux visage accourut. Bien que ses yeux fussent emplis de questions, elle tint sa langue et aida Crian à donner de l'eau et du pain à Jarred, à nettoyer ses entailles et ses écorchures. Ils prirent ses vêtements sales et déchirés et lui apportèrent une longue chemise de nuit dépourvue du moindre ornement, puis le bordèrent dans un lit étroit.

Jarred sombra dans le sommeil.

Quand il s'éveilla, le marteau résonnait une fois de plus sur le métal, la fillette chantait dans la cuisine, le soleil se couchait. Il avait dormi toute la journée.

Au pied de sa couche, il trouva des vêtements. Il les enfila, lissa les draps et se glissa dehors.

Il alla rejoindre Crian dans sa forge. Le vieil homme interrompit sa besogne et l'observa en silence.

— Je vous remercie du fond du cœur pour votre bonté, dit Jarred avec embarras. Je m'en vais, à présent, car je ne voudrais pas vous causer d'ennuis. Mais, de grâce, ne me trahissez pas si les Gardes du palais vous interrogent à mon sujet. Ils vous diront que j'ai tenté d'assassiner le roi. C'est faux, croyez-moi !

Le vieil homme retourna à son ouvrage.

— C'est bien dommage ! lança-t-il d'un ton farouche. J'en connais beaucoup, à Del, qui te seraient reconnaissants de l'avoir fait.

Jarred retint son souffle. Les choses en étaient donc là ! Le roi n'était pas aimé, mais haï de ses sujets.

35

Et quoi d'étonnant à cela ? À leurs yeux, le monarque vivait dans le luxe à l'abri de ses hauts murs, sans se préoccuper de leurs souffrances. Comment auraient-ils imaginé qu'on lui cachait leur détresse ?

— Tes poursuivants ne viendront pas, reprit Crian sans se retourner. J'ai jeté tes habits dans la mer, du haut de la falaise, et j'ai épié les Gardes quand ils les ont repérés. Ils te croient noyé.

Jarred demeura interdit. Crian avait terminé le fer à cheval qu'il martelait. Sans réfléchir, le garçon attrapa les lourdes pinces posées près de la forge et s'avança. Crian lui adressa un regard de surprise ; cependant, il le laissa soulever le fer et le plonger pour le refroidir dans une barrique dont l'eau siffla et bouillonna.

— Tu as de l'expérience, murmura le vieil homme.

Jarred hocha la tête.

— Un peu.

Avec précaution, il sortit le fer de l'eau et le posa à côté.

— Je ne vais pas en rajeunissant, déclara Crian en l'étudiant. Mon fils, dont tu portes les vêtements, a été tué voilà de cela trois ans. Son épouse bien-aimée l'avait précédé dans la tombe – elle est morte à la naissance de leur enfant, Anna. À présent, je n'ai plus que cette fillette. Nous vivons modestement, mais il y a toujours de quoi manger sur la table. Et il en sera ainsi tant que je conserverai mes forces.

Crian jeta un coup d'œil aux mains de Jarred – elles étaient douces et blanches, avec de longs ongles arrondis.

— Reste ici, mon garçon, si tu le souhaites. Il te faudra cependant travailler en échange de ta subsistance. Cela te conviendrait-il ?

— Oui, répondit Jarred avec fermeté.

Rien, en effet, ne lui plairait davantage que de demeurer à la forge. Il aimait le vieux maréchal-ferrant. Il aimait la placide Anna au doux visage. Et ici, il serait proche du palais. Dans l'immédiat, il ne pouvait aider Endon qu'en ouvrant l'œil. Et cela, il en avait fait le serment.

Prandine le croyait mort. Toutefois, il était peu probable qu'il en avise Endon. Persuader le roi que Jarred était sauf et constituait une menace servirait davantage ses plans. S'il craignait pour sa vie, Endon serait encore plus enclin à obéir aveuglément à son conseiller.

Mais qui sait ? Un jour, Endon comprendrait peut-être que Jarred avait raison, en fin de compte. Et il ferait appel à lui. Alors, Jarred serait prêt.

L'affaire fut donc entendue. Jarred prit des ciseaux et coupa les longues tresses qui marquaient si visiblement son appartenance au palais. Puis il alla travailler à la forge.

Il maîtrisait l'art de marteler le fer et l'acier pour fabriquer des épées et des boucliers délicats. À présent, il devait apprendre à faire des objets plus simples – fers à cheval, haches ou socs de charrues. En vérité, il ne lui fallut pas longtemps pour acquérir le tour de main. Et à mesure que ses bras se musclaient et que ses mains devenaient calleuses, il déchargea de plus en plus Crian de sa besogne.

La forge ne manquait pas de clients. Pourtant, le grand-père et sa petite-fille vivaient pauvrement. Jarred ne tarda pas à en découvrir la raison. La plupart des habitants de Del, plus pauvres encore, n'avaient guère les moyens de rétribuer l'ouvrage du maréchal-ferrant. Certains, même, n'avaient rien à lui donner. Crian exécutait leurs commandes sans broncher, disant : « Vous me paierez quand vous le pourrez. »

Le surlendemain de sa fuite, Jarred, la mort dans l'âme, avait compris que tout ce qu'on leur avait enseigné, à Endon et à lui, à propos de l'existence à l'extérieur de l'enceinte du palais, n'était que mensonge. La population de Del, en proie à la faim et à la maladie, luttait pour survivre. Au-delà des murs de la cité, rôdaient d'horribles bêtes ainsi que des bandes de voleurs. Depuis nombre d'années, on était sans nouvelles des bourgades et des hameaux disséminés dans la campagne.

Beaucoup d'habitants étaient affaiblis par le manque de nourriture. Pourtant, on disait qu'au plus noir de la nuit des charrettes emplies de victuailles traversaient la ville pour gagner le palais, escortées par des centaines de Gardes. Nul ne savait d'où elles venaient.

— De très loin, en tout cas, marmonna Crian ce soir-là, tandis qu'ils bavardaient autour de l'âtre. De telles denrées de luxe sont introuvables, par ici.

— Deltora, prétend-on, était jadis un pays où régnaient la paix et la prospérité, ajouta Anna. Mais c'était il y a fort longtemps.

— Le nouveau roi est tenu dans l'ignorance ! s'écria Jarred. Comme son père avant lui. Vous auriez dû le lui dire...

— Le lui dire ? gronda Crian avec colère. Nous n'avons cessé de le solliciter ! (Il pivota sur son siège et tira une vieille boîte de fer d'une étagère. Il la lança à Jarred.) Ouvre ! lui ordonna-t-il.

Jarred souleva le couvercle. À l'intérieur, il découvrit une multitude de petits rouleaux de parchemin bordés d'or. Perplexe, il en prit un et le déroula.

Le Roi vous remercie de votre message. Il examinera votre requête quand il en aura le loisir. Alton

Fronçant les sourcils, Jarred le remit dans la boîte et en prit un autre. Le texte était exactement le même. Ainsi que pour les deux suivants. Seule différence, en ce qui concernait le dernier : il portait « La Reine » au lieu du « Roi » et était signé « Lilia ». La reine Lilia était la mère d'Alton, se rappela Jarred.

Il farfouilla dans la boîte. Il y avait des dizaines et des dizaines de parchemins, frappés du sceau royal. Certains, très vieux, étaient couverts de noms qu'il avait appris dans ses livres d'histoire.

— Ils sont tous semblables, dit Crian. Ce qui les différencie, c'est le nom qui figure au bas. Pendant des siècles, des messages ont été envoyés au palais, implorant l'aide du roi. Et ces maudits papiers sont tout ce que les gens ont reçu en retour. Rien n'a jamais été fait. Rien.

La gorge de Jarred se serra sous le coup de la souffrance et de la colère.

— Le roi Alton, du moins, ne les a jamais lus, Crian, déclara-t-il en s'efforçant de rester calme. À mon avis, son conseiller ne les lui transmettait pas. Un homme du nom de Prandine.

Crian tapota la boîte de l'index.

— Le roi signait ces réponses et y apposait son sceau, répliqua-t-il d'un ton froid. Comme sa mère et son grand-père avant lui.

— La Règle – la coutume – veut que le conseiller

prépare les réponses et les fasse signer au roi ! se récria Jarred. Le vieux roi signait et scellait n'importe quel document que lui présentait Prandine.

— Eh bien, c'était un sot et une mauviette ! Et quant à son fils... ce sera du pareil au même, je parie ! Endon ne nous apportera pas plus d'aide que son père. (Crian secoua la tête.) J'ai peur pour Deltora, marmonna-t-il. Nous sommes si faibles que si nous devions subir une invasion du Pays des Ténèbres, nous serions incapables de nous défendre.

— Le Seigneur des Ténèbres n'osera pas, grand-père, le tranquillisa Anna. Pas tant que nous serons sous la protection de la Ceinture de Deltora. Et notre roi veille sur elle. Voilà au moins une chose qu'il fait pour nous.

Jarred frissonna de crainte. Mais il ne put se résoudre à dire à Anna qu'elle se trompait. Si elle apprenait que le roi ne portait pas la Ceinture et en confiait la garde à d'autres, elle perdrait son ultime espoir.

« Oh, Endon, songea-t-il en allant se coucher cette nuit-là, je ne puis te joindre, sauf si tu en exprimes le désir. Va à l'arbre creux. Lis mon message. Envoie-moi le signal. »

Dès lors, chaque matin, avant de se rendre à la forge, Jarred observa l'arbre qui se dressait contre le nuage brumeux, au sommet de la colline. Il l'étudiait avec soin, cherchant la flèche dorée du roi sur sa cime

41

– le signal qui l'avertirait qu'Endon avait besoin de lui.

Mais il devait s'écouler des jours et des jours avant que le signal apparaisse. Et à ce moment-là, il serait trop tard.

5

L'Ennemi attaque

Les années passèrent, la vie poursuivit son cours. Jarred et Anna se marièrent. Et quand le vieux Crian mourut, Jarred lui succéda à la forge.

Parfois, le garçon finissait presque par oublier qu'il avait mené jadis une existence différente. C'était comme si son enfance au palais avait été un songe. Pourtant, chaque matin, il scrutait l'arbre sur la colline. Et il relisait souvent le petit livre qu'il avait déniché dans la bibliothèque. Après, il était saisi de crainte. Que leur réservait l'avenir ? Il avait peur pour sa chère Anna et l'enfant qu'elle portait dans son sein. Il avait peur pour lui-même, pour Endon, pour Deltora.

Une nuit, sept ans exactement après le couronnement d'Endon, Jarred se tournait et se retournait dans son lit.

— L'aube ne va pas tarder à poindre et tu n'as pas dormi, Jarred, dit Anna avec douceur. Quel souci te tracasse ?

— Je ne sais pas, mon cœur, murmura Jarred. Mais je ne puis trouver le repos.

Anna se glissa hors du lit.

— La chaleur, peut-être. Je vais entrouvrir la fenêtre.

Elle tira le rideau et tendit la main vers la poignée. Soudain, elle poussa un cri et se rejeta vivement en arrière.

Jarred se leva d'un bond et courut à elle. Il l'enlaça.

— Là-bas ! s'écria Anna, l'index tendu. Oh, Jarred, qu'est-ce que c'est ?

Jarred jeta un coup d'œil et étouffa une exclamation. Dans le ciel, des formes monstrueuses décrivaient sans fin des cercles au-dessus du palais.

Il faisait encore trop sombre pour les voir nettement. C'étaient d'immenses oiseaux, sans aucun doute. Jarred en compta sept. Ils avaient de longs cous, de gros becs recourbés et cruels. Leurs ailes, puissantes, battaient l'air de façon maladroite mais avec force. Ils descendirent en piqué, reprirent de la hauteur, puis se séparèrent, filant chacun dans une direction.

Un nom vint à l'esprit de Jarred. Un nom appris dans la salle d'étude de son autre vie.

— Ak-Baba, siffla-t-il.

Il resserra son étreinte autour des épaules d'Anna.

La jeune femme se tourna vers lui, les yeux écarquillés et emplis de frayeur.

— Ak-Baba, répéta-t-il lentement, le regard toujours rivé au palais. D'énormes oiseaux qui se nourrissent de charogne et qui vivent mille ans. Sept d'entre eux servent le Seigneur des Ténèbres.

— Pourquoi sont-ils venus ? chuchota Anna.

— Je l'ignore. Je crains, hélas, que...

Jarred s'interrompit brusquement et se pencha en avant. Il avait vu un objet briller avec éclat à la faible lueur du soleil levant.

Il demeura immobile quelques instants, puis regarda Anna, le visage sombre et blême.

— La flèche d'Endon est dans l'arbre, déclara-t-il. Il m'a envoyé le signal.

Jarred s'habilla et sortit en courant de la maison derrière la forge. Il gravit à toute allure la colline au sommet de laquelle se dressait le palais, l'esprit en ébullition.

Comment parvenir jusqu'à Endon ? S'il escaladait le mur, les Gardes le repéreraient à coup sûr. Il serait criblé de flèches avant même de toucher le sol. Il ne devait pas compter sur la carriole qui transportait les restes de nourriture. Prandine devait avoir deviné le rôle qu'elle avait joué dans la fuite de Jarred – l'accès au palais lui était interdit. Désormais, elle attendait entre les deux grilles, tandis que les Gardes y chargeaient des sacs.

« Endon est le seul à pouvoir m'aider », pensa Jarred. Peut-être le guettait-il...

Mais comme il ralentissait l'allure, pantelant, en vue des grilles, il constata que celles-ci étaient solidement fermées et que la route était déserte.

Jarred s'avança, la nuque parcourue de picotements. Les hautes herbes qui entouraient le palais bruissaient dans la brise de l'aube. Et s'il était en train de se jeter dans la gueule du loup ? D'un moment à l'autre, des Gardes allaient peut-être surgir de leurs cachettes et l'arrêter. Peut-être Endon avait-il choisi de le trahir auprès de Prandine, pour finir.

Ses pieds frôlèrent un objet dans la poussière de la route. Il baissa les yeux. Une flèche d'enfant. Un morceau de papier roulé était fixé autour de la hampe.

Le cœur battant à se rompre, Jarred ramassa la flèche en bois et ôta le papier. Il le déplia... et son exaltation retomba.

Un banal dessin d'enfant. Un garçon du palais, par jeu, avait décoché des flèches par-dessus le mur, ainsi qu'Endon et lui le faisaient autrefois.

De dégoût, Jarred froissa le papier et le jeta par terre. Il balaya encore une fois du regard les grilles verrouillées, la route vide. Il ne décela aucun mouvement, aucun signe. Rien d'autre que la flèche en bois gisant dans la poussière et la petite boule de papier roulant par à-coups loin de lui, poussée par la brise. Il la contempla. L'absurde comptine lui trotta de nouveau dans la tête.

« Bizarre, pensa-t-il vaguement. On aurait dit une série d'instructions. Des instructions qu'un enfant serait capable de chantonner et de mémoriser. »

Soudain, une idée lui traversa l'esprit. Il courut après le papier et le ramassa. Il le défroissa et l'examina avec attention. Cette fois, il remarqua deux détails qui lui avaient échappé auparavant. Un, le papier était jauni par l'âge. Deux, l'écriture lui était familière.

C'était celle d'Endon quand il était enfant, conclut-il, étonné. Et le dessin aussi était de lui.

Il comprit alors comment les choses s'étaient sans doute passées. Endon n'avait disposé que de peu de temps. Il avait cependant voulu envoyer un message à Jarred. Il avait donc pris à la hâte un de ses vieux dessins et l'avait lancé par-dessus le mur. Il s'était servi d'une flèche en bois afin d'endormir la méfiance des Gardes.

Or, si Jarred avait raison, Endon n'avait pas choisi le dessin au hasard. Il possédait pour lui un sens spécial.

Pourquoi sinon l'aurait-il conservé ?

Éveille l'Ours,

Ce gros nounours...

Serrant le papier dans sa main, Jarred quitta la route et longea le mur sur sa gauche.

Il avait déjà parcouru une bonne distance lorsqu'il trouva enfin ce qu'il cherchait. Bien qu'il fût à demi dissimulé par de hautes herbes et ombragé par un fouillis de buissons, on distinguait nettement un gros rocher qui avait la forme d'un ours endormi.

Jarred se tailla un chemin à travers les broussailles. À l'extrémité, là où l'animal posait sa truffe sur ses pattes, la végétation poussait moins dru.

— Il est temps de te réveiller, ours mon ami, marmonna Jarred.

S'agenouillant, il entreprit d'arracher l'herbe maigrelette. Il gratta la terre et, soulagé, comprit qu'il avait vu juste. Bientôt, il mit au jour une grande plaque circulaire.

Il ne lui fallut pas longtemps pour la dégager et la pousser de côté. Un trou sombre apparut, aux parois bordées de pierres. Surpris, Jarred se rendit compte qu'il avait découvert l'entrée d'un tunnel.

Vite, souricette !
File dans ta cachette !

Il se mit à plat ventre et pénétra dans l'orifice en se contorsionnant. Il avança d'abord sur les coudes, puis le tunnel s'élargit et il progressa plus facilement.

« Eh bien, maintenant, la souricette est dans sa cachette, pensa-t-il, farouche, tandis qu'il rampait dans l'obscurité. Espérons qu'aucun matou ne l'attende à l'autre bout. »

Pendant un bref moment, le tunnel descendit en pente raide avant de devenir plus plat. Jarred comprit qu'il se trouvait au centre de la colline. L'air était immobile, les ténèbres, insondables. Il continua sa route, perdant toute notion du temps.

Il déboucha enfin sur une volée de marches de pierre. Le cœur cognant dans sa poitrine, Jarred les gravit en tâtonnant. Une à la fois. Brutalement, sa tête heurta une surface dure. Saisi d'horreur, il s'aperçut que l'issue était bouchée. Il ne pouvait aller plus loin.

Il céda à la panique. Était-ce bel et bien un piège, pour finir ? Des Gardes le suivaient-ils à la trace, sûrs qu'il ne pourrait leur échapper ?

Tout à coup, un souvenir s'ancra dans son esprit troublé.

Lève la plaque.

C'est dans le sac !

La panique reflua. Jarred poussa des deux bras. La pierre bougea. Il redoubla d'effort, puis chancela et faillit tomber quand, dans un raclement, la dalle glissa en douceur sur le côté.

Jarred gravit les dernières marches et, se tortillant, quitta l'obscurité du tunnel pour émerger dans une pièce à l'éclairage tamisé.

— Qui êtes-vous ? tonna une voix chargée de colère.

Une haute silhouette chatoyante se pencha, menaçante, au-dessus de lui. Jarred battit des paupières. Ses yeux larmoyaient, éblouis par la lumière.

— Je m'appelle Jarred ! s'écria-t-il. Reculez !

Il se mit debout tant bien que mal et chercha à tâtons son épée.

Soudain, dans un froissement de soie précieuse et un tintement d'ornements d'or, la silhouette se jeta à ses genoux.

— Oh, Jarred, comment ai-je pu ne pas te reconnaître ? Au nom de notre vieille amitié, je t'implore d'oublier le passé ! Tu es le seul en qui je puis avoir confiance. De grâce, aide-nous !

À cet instant, Jarred comprit que l'homme prosterné à ses pieds était Endon.

6

Amis jusqu'à la mort

Avec un rire tremblant, Jarred se pencha vers le roi agenouillé.

— Endon ! Je ne t'avais pas reconnu, moi non plus. Relève-toi, je t'en conjure !

Jarred le scruta et pensa qu'il n'était pas étonnant qu'il n'eût pas reconnu son vieil ami.

L'enfant mince et solennel qu'il avait quitté sept ans plus tôt était devenu un homme. Endon avait à présent la même taille et la même carrure que lui. Ses robes empesées et son col montant étaient inscrustés de pierres minuscules qui étincelaient à la lueur des chandelles. De l'antimoine soulignait ses yeux et de la poudre bleue ombrait ses paupières, selon la mode en usage au palais. Ses longs cheveux et sa barbe étaient tressés et entremêlés d'or. Il sentait le parfum et les épices. Pour Jarred qui vivait dans la cité depuis

52

si longtemps, Endon était un personnage étrange et imposant.

Soudain, sous le regard aigu d'Endon, il prit conscience de ses vêtements grossiers, de ses chaussures épaisses, de sa barbe taillée à la diable, de ses cheveux mal coiffés. Il se sentit gauche et empoté et, gêné, regarda autour de lui.

Jarred comprit enfin où il se trouvait : dans la chapelle. Une des dalles de marbre qui ceignaient l'estrade surélevée en son centre avait été enlevée, révélant un trou noir béant.

— Seuls les membres de la famille royale connaissent l'existence du tunnel sous la colline. On ne doit l'utiliser qu'en cas de péril extrême, dit doucement Endon. C'est le roi Brandon qui l'a fait creuser lors de la construction du palais. Mon père m'en a parlé quand j'étais petit enfant, comme on lui en avait parlé lorsqu'il avait mon âge – en des termes faciles à retenir. Il y a deux comptines – l'une pour pénétrer dans le palais, l'autre pour en sortir. C'est un lourd secret. Même les conseillers n'en ont jamais eu vent.

Jarred ne répondit mot. Il fixait l'estrade où gisait le corps d'une vieille femme. Ses mains, usées par les corvées, étaient jointes sur sa poitrine. Sa face ridée était paisible dans la lumière vacillante des bougies.

— Min ! chuchota-t-il, les yeux brûlants de larmes.

Il n'avait pas vu la vieille bonne qui avait pris soin de lui dans son enfance depuis de nombreuses années.

Il avait souvent songé à elle. Il était dur de croire qu'elle était morte.

— Elle avait un fils adulte, murmura Endon. Il vivait au palais, mais je ne l'ai jamais croisé. J'ai tenté de le retrouver. On m'a dit qu'il s'était enfui pendant la fête. Il avait peur, Jarred. Min avait dû lui confier ce qu'elle savait. Il n'ignorait pas qu'on l'avait assassinée...

— Assassinée ?

Le visage d'Endon était crispé par le chagrin.

— Elle est venue dans ma chambre. J'étais sur le point de me rendre à la fête célébrant le septième anniversaire de mon règne. Elle était inquiète. Elle avait surpris une conversation tandis qu'elle était dans la salle de couture. Elle m'a dit que j'avais des ennemis dans la place et qu'un malheur épouvantable allait s'abattre cette nuit sur Deltora. (Il courba la tête.) Je ne l'ai pas écoutée. Elle devait s'être assoupie sur son ouvrage et avoir rêvé. J'ai souri de ses craintes et je l'ai renvoyée. Dans l'heure qui a suivi, elle a perdu la vie. Elle est tombée du haut de l'escalier surplombant la grande salle. On a conclu à un accident. Cependant...

— ... tu n'y crois pas, acheva Jarred, regardant avec tristesse le visage pâle et paisible de Min. Tu penses qu'on l'a assassinée à cause de ce qu'elle savait.

— Oui, confima Endon à voix basse. C'est également l'opinion de ma femme.

Jarred lui lança un coup d'œil.

— Tu es donc marié ! Comme moi.

Endon sourit à peine.

— Félicitations, murmura-t-il sur un ton poli. J'espère que tu es aussi heureux que moi. Mon épouse, la Reine, s'appelle Sharn. Nous ne nous sommes jamais adressé la parole avant le jour de nos noces, comme le prescrit la Règle. Au fil des années, elle devient plus chère à mon cœur. Notre premier enfant naîtra à la fin de l'été.

— Et le nôtre au début de l'automne.

Il y eut un moment de silence. Chacun songeait aux changements survenus au cours de leurs sept années de séparation. Puis Endon plongea le regard dans celui de Jarred.

— C'est bon de te revoir, mon ami ! J'ai été cruellement puni d'avoir douté de toi. Tu m'as beaucoup manqué.

Et soudain, toute distance entre eux fut abolie. Jarred pressa avec chaleur la main d'Endon.

— Amis jusqu'à la mort étions-nous enfants, amis jusqu'à la mort serons-nous toujours ! s'écria-t-il. Cela, sans doute, tu le savais au fond de ton cœur, Endon, puisque tu m'as appelé quand les ennuis sont venus. Je regrette seulement que tu ne m'aies pas averti plus tôt. Le temps nous est compté.

— Min avait donc raison... Le mal rôde en ces lieux.

— Depuis fort longtemps, Endon. Et à présent...

Tous deux pivotèrent, la main sur leur épée, en entendant la porte s'ouvrir derrière eux.

— Endon, l'aube est levée, dit une voix douce.

— Sharn ! s'exclama Endon.

Il s'élança au-devant d'une ravissante jeune femme, vêtue d'une robe somptueuse. Ses cheveux brillants étaient enroulés en une torsade épaisse au sommet de sa tête. Des ombres profondes creusaient ses yeux. Elle avait dû passer la nuit à veiller.

Elle étouffa un cri et recula à la vue de Jarred.

— N'aie crainte, Sharn, la rassura Endon. Ce n'est que Jarred.

Un sourire de soulagement illumina les traits las de la jeune reine.

— Jarred ! Vous êtes venu ! s'écria-t-elle.

— En effet, acquiesça Jarred. Et je ferai l'impossible pour vous aider à combattre le mal qui a fondu sur notre pays. Cependant, nous devons agir vite. Nous devons d'abord aller au donjon afin qu'Endon reprenne possession de la Ceinture de Deltora.

Endon, blanc comme un linge, dévisagea Jarred.

— Jarred, je... je ne puis, balbutia-t-il. La Règle...

— Oublie la Règle, Endon ! siffla Jarred, se dirigeant à grands pas vers la porte. Je te l'ai dit un jour et tu ne m'as pas écouté. Ne commets pas deux fois la même erreur. La Ceinture est l'unique protection du royaume. Le salut de ton peuple en dépend. Et à mon sens, elle court un grave danger. Un très grave danger.

Endon hésitait encore. Sharn mit son bras sous le sien.

— Tu es le roi, Endon. Ton devoir envers Deltora dépasse, et de beaucoup, ton devoir d'obéissance envers la Règle. Allons au donjon.

Enfin, Endon hocha la tête.

— Très bien, déclara-t-il.

Ils montèrent en hâte l'escalier d'honneur. Parvenus au troisième étage, ils poursuivirent leur ascension jusqu'au donjon. Ils se déplaçaient en silence, mais ne croisèrent pas âme qui vive. Hormis les cuisiniers qui s'affairaient au rez-de-chaussée, les occupants du palais dormaient encore.

Quand ils atteignirent la dernière volée de marches, Jarred avait retrouvé son optimisme. Talonné par Endon et Sharn, il gravit les degrés avec impatience... et s'arrêta net.

La porte béait, ses trois cadenas d'or brisés. Les trois Gardes gisaient, morts, à l'endroit où ils étaient tombés, étreignant toujours leurs épées.

Jarred entendit un sanglot étouffé derrière lui. Puis Endon se précipita dans la pièce. Un cri d'angoisse retentit... et ce fut le silence.

Jarred sentit son cœur lui manquer. À pas lents, il rejoignit le roi avec Sharn.

Il régnait dans la salle un silence sépulcral. Une odeur infecte empuantissait l'air. Par-delà les fenêtres ouvertes, le soleil, à travers un banc de nuages étouffants, teintait le ciel d'un rouge atroce. La vitrine de verre qui abritait la Ceinture de Deltora avait volé en morceaux.

Endon était agenouillé parmi les éclats scintillants. La Ceinture – ou ce qu'il en restait – reposait sur le sol devant lui. Il la souleva. Flasque, elle pendait entre ses doigts – une banale chaîne d'acier emmêlée. Ses médaillons, tordus, avaient été forcés. Les sept pierres précieuses avaient disparu.

7

Traîtrise

Poussant un cri, Sharn se précipita aux côtés de son époux et l'aida à se relever. Une fois debout, Endon oscilla, serrant la Ceinture détruite dans ses mains.

Une vague de désespoir submergea Jarred. Ce qu'il redoutait était advenu. L'Ennemi triomphait.

Il y eut un rire bas, moqueur, derrière lui. Prandine se tenait sur le seuil de la pièce. Dans sa longue robe noire, il était toujours aussi osseux et sec, mais à présent, il se montrait sous son vrai jour. Son expression grave, sérieuse, avait disparu. Désormais, ses yeux étincelaient de cupidité et un pli cruel étirait ses lèvres minces.

— Ainsi, Jarred, tu t'es levé d'entre les morts pour fourrer encore une fois le nez dans ce qui ne te regarde pas, lança-t-il d'un ton hargneux. Seulement, tu arrives trop tard. Bientôt, très bientôt, Deltora courbera la tête sous l'ombre de mon maître.

Jarred, animé par la fureur, fit un mouvement brusque en avant, son épée pointée sur le cœur de Prandine. Aussitôt, l'arme devint incandescente. Jarred la lâcha avec un gémissement de douleur, la paume brûlée et couverte de cloques.

— Pourquoi es-tu venu, pauvre sot ? cracha Prandine. Si tu étais resté dans ton coin, j'aurais fini par te croire bel et bien mort. À présent, tu es perdu, comme ton imbécile de roi, sa petite poupée d'épouse et le rejeton qu'elle porte.

Il sortit de sous sa robe une dague fine et effilée dont l'extrémité luisait d'un vert nauséeux.

Jarred battit en retraite, luttant contre la souffrance et s'obligeant à réfléchir. Il n'avait certes pas envie de mourir. Cependant, il devait coûte que coûte sauver Endon, Sharn et leur enfant à naître, l'héritier de la couronne de Deltora.

— Nous sommes trop nombreux pour vous, Prandine ! s'écria-t-il. Pendant que vous vous battrez contre l'un de nous, les deux autres pourront s'échapper.

Prandine comprendrait-il que ses paroles n'étaient pas seulement un défi qu'il lui lançait, mais aussi un message destiné à Endon ? *Tandis que je distrais son attention, emmène Sharn et fuyez !*

Mais Prandine éclata de rire et ferma la porte d'un coup de pied.

— Il n'y aura pas de combat, railla-t-il en s'avançant. Le poison dont est enduite cette lame est mortel. Une minuscule piqûre, et la fin survient vite. Comme cela a été le cas pour votre mère et votre père, roi Endon !

Endon fit à Sharn un rempart de son corps.

— Assassin ! Traître ! Vous avez trahi votre roi et votre pays !

— Ce n'est pas mon pays, répliqua Prandine, sarcastique. Ma loyauté, de même que celle de mes prédécesseurs, est toujours allée à un autre pays et à un maître auquel vous n'arrivez pas à la cheville. (Il toisa Endon avec mépris.) Vous êtes le dernier d'une lignée de bouffons royaux, roi Endon ! Petit à petit, nous avons rogné un peu de votre pouvoir. À la longue, vous n'avez plus été que des marionnettes dont nous tirions les fils. Et alors est enfin venu le temps de vous prendre votre ultime protection. (Il pointa un index osseux sur la chaîne emmêlée dans les mains d'Endon.) Le maudit ouvrage du maréchal-ferrant Adin a été détruit. La Ceinture de Deltora n'existe plus.

— Les pierres précieuses, elles, sont indestructibles, répliqua Endon entre ses lèvres pâles. Les emporter au-delà des frontières de Deltora est un crime puni de mort.

Prandine eut un sourire cruel.

— Les pierres ont été dispersées à des lieues d'ici et cachées là où personne n'oserait s'aventurer. Et une fois que vous-même et votre rejeton à naître serez morts, à quoi servira-t-il de les retrouver ?

La pièce s'assombrit et le tonnerre gronda. Les yeux de Prandine rayonnèrent de triomphe.

— Le Seigneur des Ténèbres arrive, siffla-t-il.

Se recroquevillant contre le mur, Sharn se mit à geindre. Puis elle dressa l'oreille. Elle se glissa jusqu'à la fenêtre ouverte et regarda au-dehors... pas le ciel d'un noir d'encre, mais le sol, au pied du donjon. Vivement, elle recula et se couvrit la bouche de sa paume, comme pour étouffer un cri.

— Qu'y a-t-il ? gronda Prandine, soudain sur le qui-vive.

Sharn secoua la tête.

— Rien, balbutia-t-elle. Je me suis trompée. Il n'y a personne.

« Oh, Sharn, même un enfant devinerait que vous mentez ! pensa Jarred, au désespoir. À cause de vous, celui ou celle qui est venu nous porter secours est perdu ! »

— Restez où vous êtes, sinon elle mourra sur-le-champ ! aboya Prandine aux deux hommes alors qu'il traversait la pièce.

Sharn se fit toute petite quand il parvint à sa hauteur.

— Ne regardez pas ! Il n'y a personne ! cria-t-elle de nouveau.

— C'est vous qui le dites, marmonna Prandine.

Il passa la tête et les épaules par la fenêtre.

Rapide tel l'éclair, Sharn s'accroupit derrière lui, jeta les bras autour de ses genoux et, tirant d'une secousse ses jambes en arrière, elle le fit basculer par-dessus le rebord.

Jarred et Endon, pétrifiés, entendirent les hurlements de leur ennemi qui plongeait dans le vide. Ils fixèrent d'un regard ébahi la frêle silhouette qui se détournait de la fenêtre pour leur faire face.

— Souvent, dans la grande salle, j'ai observé des bateleurs hauts comme trois pommes renverser des colosses en s'y prenant ainsi, expliqua Sharn avec calme. Pourquoi l'astuce n'aurait-elle pas marché avec moi ?

— Qu'avez... qu'avez-vous vu par la fenêtre ? bégaya Jarred

— Rien. Comme je le lui ai dit. Mais j'étais certaine qu'il ne me croirait pas. (Sharn secoua la tête.) Et je savais qu'il se pencherait. Quelle raison aurait-il eue de craindre une « petite poupée » ?

Jarred lui adressa un regard de pure admiration, puis se tourna vers Endon.

— Toi et moi pouvons remercier le ciel d'avoir épousé des femmes exceptionnelles.

Endon hocha le menton, l'air hébété.

Le tonnerre grondait au-dehors, aussi menaçant qu'une bête en colère. De sombres nuages frangés d'écarlate fondaient sur le donjon.

— Hâtons-nous de regagner le tunnel, dit Jarred d'un ton pressant. Venez ! Vite !

Ils dévalèrent l'escalier. Le palais retentissait de voix effrayées. Chacun prenait conscience de l'obscurité et de la terreur qui régnaient partout.

— C'est moi qui les ai menés là, gémit Endon quand ils atteignirent la porte de la chapelle. Comment puis-je les abandonner ?

— Tu n'as pas le choix, Endon, haleta Jarred. Ta famille doit survivre, sinon Deltora subira à jamais la tyrannie du Seigneur des Ténèbres.

Il poussa Sharn et Endon dans la chapelle dont il referma la porte.

— Allons à la forge, déclara-t-il en se précipitant vers l'entrée du tunnel. Là-bas, nous réfléchirons à ce qu'il convient de faire.

— Nous devons fuir la cité et trouver un endroit où nous cacher, dit Sharn.

Mais les mains d'Endon agrippaient la chaîne d'acier emmêlée qui avait été naguère la Ceinture de Deltora.

— Je ne saurais m'enfuir et me terrer comme un rat ! se récria-t-il. Je dois retrouver les pierres précieuses et les restituer à la Ceinture. Sans elles, je suis impuissant et Deltora est perdu.

Jetant un coup d'œil au visage soucieux de Sharn, Jarred prit le bras de son ami.

— À l'évidence, il faut retrouver les pierres. Toutefois, ce n'est pas toi qui t'en chargeras, Endon, ajouta-t-il d'une voix ferme. Le Seigneur des Ténèbres va se lancer à ta recherche. Tu dois demeurer caché et attendre.

— Qu'arrivera-t-il si je meurs avant que la Ceinture soit de nouveau intacte ? argumenta Endon, au désespoir. Elle ne reconnaîtra que l'authentique héritier d'Adin. Elle ne brillera que pour moi !

Jarred voulut parler, puis se ravisa. Endon s'apercevrait bien assez tôt qu'il avait perdu le peu de confiance que ses sujets plaçaient encore en lui. La Ceinture de Deltora ne brillerait jamais plus pour lui.

Sharn s'était avancée doucement aux côtés de son époux.

— N'oublie pas, mon bien-aimé, murmura-t-elle, que notre enfant sera lui aussi l'héritier d'Adin.

Endon la dévisagea, bouche bée. Elle redressa fièrement le menton.

— Si le Seigneur des Ténèbres sait se montrer patient, nous apprendrons nous aussi la patience, poursuivit-elle. Nous nous cacherons désormais loin de son regard. Non parce que nous craignons pour nos vies, ainsi qu'il le croira, mais pour protéger notre enfant et construire l'avenir. (Elle caressa le bras d'Endon avec tendresse.) Les années passeront et il

se peut que nous mourions, Endon. Qu'importe ?
Notre fils nous survivra, afin de revendiquer le trône
et libérer notre pays de l'emprise du mal.

Pareil courage fortifia le cœur de Jarred. Et, à cet
instant, lui-même trouva celui d'affronter son destin.

Endon étreignit Sharn.

— Tu es assurément un don précieux, murmura-
t-il. Mais tu ne comprends pas. Sans la Ceinture, notre
enfant ne pourra anéantir le Seigneur des Ténèbres.
Les pierres précieuses...

— Elles seront retrouvées un jour, l'interrompit
Jarred. Nous poursuivrons cette discussion à la forge.
Dans l'immédiat, souvenez-vous que, Prandine mort,
personne ne sait que vous avez un ami hors du palais.
Le Seigneur des Ténèbres ne songera pas une seconde
qu'un humble maréchal-ferrant puisse constituer une
menace pour lui.

— Tu vas partir à la recherche des pierres ? souffla
Endon. Maintenant ?

Jarred secoua la tête.

— Ma quête serait vouée à l'échec, tout comme le
serait la tienne, Endon. Les serviteurs de notre
Ennemi vont surveiller de près les cachettes où sont
les pierres afin de détecter le moindre signe de danger. Cependant, dans les années à venir, le Seigneur
des Ténèbres commencera à se croire à l'abri et la
surveillance se relâchera. Alors, et alors seulement, la
quête pourra être entreprise. (Il tendit sa main blessée

à Endon.) Il se peut que nous ne nous revoyions jamais dans cette vie, mon ami, ajouta-t-il à voix basse. Nous serons éloignés l'un de l'autre, et qui peut prédire ce qu'il adviendra de nous dans les temps de péril qui se profilent ? Mais un jour, les pierres précieuses seront retrouvées et la Ceinture, restaurée. Il en sera ainsi.

Endon prit la main de Jarred dans les siennes et courba la tête. Soudain, les murs de la chapelle tremblèrent. On eût dit qu'une violente bourrasque avait frappé le palais.

— Partons ! s'écria Sharn, affolée.

Tandis qu'il l'aidait à entrer dans le tunnel, Endon se retourna vers Jarred.

— Tu affirmes que nous devons nous cacher, mais où pouvons-nous aller ? demanda-t-il d'une voix chevrotante.

— Avec la venue du Seigneur des Ténèbres surviendra une époque de chaos et d'obscurité. Beaucoup de gens écumeront la campagne, chacun perdra son voisin de vue, et la vie ne sera plus celle d'autrefois. Le chaos sera notre allié.

— Tu as pensé à un endroit ? chuchota Endon.

— Peut-être. Ce sera dangereux, mais si tu le veux, cela vaudra la peine d'en prendre le risque.

Endon ne l'interrogea pas davantage et suivit Sharn dans le tunnel. Jarred lui emboîta le pas et remit la dalle de marbre en place afin que personne ne puisse deviner par où ils s'étaient enfuis.

Quand l'obscurité l'enveloppa, il songea à Anna et son cœur se serra.

Leur existence était rude, mais ils étaient heureux. Désormais, tout cela appartenait au passé. Une période de terreur et de troubles survenait – de longues années d'attente au cours desquelles Deltora gémirait sous la domination du Seigneur des Ténèbres.

Et seul le temps pourrait dire ce qu'il adviendrait alors.

Seconde partie :

SOUS LE RÈGNE DES TÉNÈBRES

8

Lief

Lief courait dans les ruelles sombres et tortueuses de Del, passant devant des maisons closes pour la nuit. Il progressait aussi vite et silencieusement qu'un chat, le cœur battant dans sa poitrine.

Il était en retard. Très en retard. Il devait se dépêcher. Sauf que le moindre bruit risquait de le trahir.

Nul n'avait le droit d'être dehors après le coucher du soleil. Cette loi, l'une des plus strictes édictées par le Seigneur des Ténèbres, était entrée en vigueur le jour même où il avait pris possession de Del, un peu plus de seize ans auparavant. La transgresser était puni de la peine de mort.

Ce n'était certes pas la première fois que Lief traînait dans les rues à la tombée du jour. Mais jamais il n'avait été si loin de chez lui à une heure si tardive. Il regrettait son imprudence. Ses parents devaient sans doute guetter son retour en se rongeant d'inquiétude.

— Tu as quartier libre pour l'après-midi, mon fils, lui avait annoncé son père à la fin du déjeuner. Le jour de ton seizième anniversaire est un jour spécial. Ta mère et moi voulons te faire plaisir. Fête-le avec tes amis.

Lief était aux anges. Sortir au milieu de la journée était un événement exceptionnel. En général, ses après-midi étaient consacrés à l'étude.

Cela lui avait toujours paru injuste. Il était le seul, parmi leur bande d'amis, à prendre des leçons. À quoi bon apprendre à lire et à écrire ? À quoi bon apprendre le calcul et l'histoire, et se casser la tête avec des problèmes abstraits ? Quelle utilité un maréchal-ferrant pouvait-il en tirer ?

Ses parents, cependant, avaient insisté. Lief avait ronchonné et obéi. À présent, il s'était fait une raison – ce qui ne signifiait pas qu'il eût du goût pour toutes ces matières. Par conséquent, profiter d'un après-midi de liberté lui avait semblé le plus beau cadeau d'anniversaire qu'il pût imaginer.

Son père avait échangé un regard avec sa mère.

— Et, ce soir, nous t'offrirons un second présent. Ensuite, nous discuterons.

Lief avait considéré avec curiosité le visage grave de ses parents.

— À propos de quoi ?

Sa mère avait souri et secoué la tête.

— Nous t'en parlerons ce soir, Lief, avait-elle dit en le poussant gentiment vers la porte. Pour l'instant, amuse-toi. Veille toutefois à te tenir à l'écart des ennuis. Et fais attention à l'heure, je t'en supplie ! Sois à la maison bien avant le coucher du soleil.

Lief avait promis, le cœur joyeux. Il s'était rué hors de la maison, avait traversé en flèche la forge où il aidait son père chaque matin, était passé à côté de Barda, un mendiant simple d'esprit qui restait prostré le jour près du portail et dormait la nuit dans la cour. Quittant la route qui menait au palais sur la colline, il s'était frayé un chemin à travers les champs envahis d'herbes folles. Puis il avait filé jusqu'au marché, se perdant dans les odeurs et le tumulte de la cité.

Il était tombé sur l'un de ses amis, puis sur un deuxième, puis sur trois autres. Heureux, les six garçons avaient écumé leurs repaires favoris. Aucun n'avait un sou en poche, mais cela ne les empêchait pas de prendre du bon temps – ils taquinaient les marchands, montaient et descendaient à la course les rues crasseuses, esquivaient les Gardes Gris, cherchaient des pièces dans les caniveaux engorgés... Enfin, sur un lopin en friche non loin des murs du palais, ils avaient découvert un trésor plus précieux que de l'argent – un vieil arbre tordu portant de petits fruits ronds et vermeils.

— Des pommes !

Lief savait ce que c'était. Il en avait même goûté une, un jour, quand il était très jeune. À l'époque, il y avait encore quelques arbres fruitiers dans la cité. On pouvait acheter des pommes et d'autres fruits au marché, à des prix exorbitants. Et puis on avait décrété que tous les fruits de Del appartenaient au Seigneur des Ténèbres.

Ce pommier-là semblait avoir été oublié... et il n'y avait pas de Gardes Gris en vue.

Lief et ses amis avaient cueilli autant de pommes qu'ils en pouvaient porter. Ensuite, ils étaient descendus dans les égouts les manger en cachette. Les fruits étaient minuscules et tavelés, mais sucrés à souhait. Quel festin ! Et d'autant plus apprécié qu'ils l'avaient dérobé à l'odieux Seigneur des Ténèbres.

Une heure avant le coucher du soleil, la bande s'était égaillée pour rentrer en hâte. Lief, cependant, n'avait pas eu envie de gaspiller ses ultimes instants de liberté. Il était demeuré dans la pénombre silencieuse, explorant les égouts tout en réfléchissant.

Il avait eu l'intention de s'attarder à peine... puis avait repéré un embranchement qui devait conduire vers le palais. Il y avait rampé aussi loin qu'il l'avait osé avant de rebrousser chemin, se promettant d'y revenir plus tard. Et quand il avait enfin regagné la surface, il s'était aperçu que le temps avait filé. Il faisait presque nuit. Il était donc en danger.

Lief pila net. Deux Gardes Gris venaient d'apparaître au coin de la rue et marchaient dans sa direction. Ils bavardaient et ne l'avaient pas encore vu. Gare à lui quand ils le repéreraient...

Lief retint sa respiration et jeta des regards désespérés de côté et d'autre en quête d'une issue. De hauts murs bordaient la ruelle, suintants d'humidité et rendus glissants par la mousse qui les recouvrait. Jamais il ne réussirait à les escalader sans aide. Pas question non plus de tourner les talons et de détaler – c'eût été signer son arrêt de mort.

Depuis toujours, Lief sillonnait les rues de Del et il avait affronté des périls à de nombreuses reprises. Il s'enorgueillissait d'avoir maintes fois trompé la vigilance des Gardes Gris. Il était rapide, agile et n'avait pas froid aux yeux. Toutefois, il possédait aussi assez de bon sens pour comprendre qu'il ne parviendrait pas au bout de la rue sans être abattu.

Chaque Garde Gris, en effet, portait une fronde et une réserve de ce que les habitants de Del appelaient des « ampoules » – des œufs en argent emplis d'un poison cuisant, qui éclataient au contact de la cible. Les Gardes s'y entendaient pour les projeter avec force et précision, même dans l'obscurité. Lief avait vu suffisamment de victimes des ampoules se tordre de douleur pour ne pas vouloir subir pareil supplice.

Cela étant, s'il restait planté là, les Gardes Gris n'allaient pas tarder à l'apercevoir et ils le tueraient. Il mourrait, de toute façon – que ce soit d'un coup de poignard ou empoisonné par une ampoule.

Il se plaqua contre le mur, aussi immobile qu'une ombre, n'osant pas même bouger un muscle. Les Gardes Gris approchaient.

Si seulement ils pouvaient faire demi-tour ! pensa-t-il avec fièvre. Si seulement quelque chose pouvait distraire leur attention ! Alors, il aurait une chance d'en réchapper.

Lief ne priait pas pour que s'accomplisse un miracle – il ne croyait pas aux miracles, comme beaucoup de citoyens de Del. Quel ne fut donc pas son étonnement quand un fracas retentit dans le dos des Gardes Gris ! Les deux hommes pivotèrent aussitôt et s'élancèrent vers l'angle de la rue.

À demi incrédule, Lief s'apprêta à prendre ses jambes à son cou et tressaillit – un objet venait de lui heurter l'épaule. Une corde ! Qui se balançait du faîte du mur. Qui la lui avait lancée ?

Le moment, cependant, ne se prêtait pas à la réflexion. En un éclair, Lief saisit la corde et grimpa comme un forcené. Il ne s'arrêta pour reprendre son souffle qu'après avoir atteint le haut du mur et s'être jeté dans un grand arbre de l'autre côté. Pantelant, il se tapit dans une fourche entre deux branches et regarda autour de lui.

Il n'y avait pas un chat. La corde avait été solidement fixée au tronc. Par qui ? Mystère.

Les Gardes Gris étaient toujours hors de vue, mais Lief les entendait discuter tandis qu'ils recherchaient l'origine du bruit. Ils allaient revenir, il en était certain. L'inconnu qui lui avait lancé la corde avait dû jeter une pierre afin de les distraire. C'était ainsi que lui-même aurait agi pour tenter de sauver un ami.

Un ami ? Lief se mordit la lèvre en remontant la corde. Pour autant qu'il le sût, ses amis étaient chez eux. Qui aurait pu deviner qu'il avait des ennuis ?

Il réfléchit à l'énigme, puis secoua la tête. Peu importait dans l'immédiat. Rentrer chez lui sans encombre, cela seul comptait.

Il dénoua la corde, l'enroula et la balança sur l'épaule. Pareil trésor était précieux. Il descendit ensuite sans bruit le long du mur et plissa les yeux pour adapter sa vision à l'obscurité. Il reconnut bientôt la forme la plus proche de lui – un vieux tour de potier, cassé et couché dans l'herbe.

Frissonnant, il s'aperçut qu'il se trouvait dans l'arrière-cour de l'ancienne plus grande poterie de la cité. Il était passé des centaines de fois devant sa carcasse incendiée, ses vitrines béantes et sa porte marquée du signe du Seigneur des Ténèbres.

La marque signifiait que la main du Seigneur des Ténèbres avait été apposée sur la fabrique. Désormais, c'était un lieu désaffecté voué au silence et à l'oubli. Cette partie de la cité comptait nombre d'édifices et de marques semblables. Un groupe d'habitants avait essayé de résister au Seigneur des Ténèbres et conspiré afin de le vaincre. Mais il avait éventé le complot, comme il les éventait tous.

Lief se faufila à travers les piles de pots cassés que la végétation avait recouverts. Il dépassa les immenses fours de cuisson à présent délabrés. Il trébucha sur un objet à demi enterré – un cheval d'enfant en bois, piétiné naguère par la semelle d'un Garde Gris.

Lorsqu'il atteignit la façade de la bâtisse, il tremblait et respirait à grand-peine. Non de peur... mais sous l'effet d'une terrible et brutale colère.

Pourquoi son peuple devait-il endurer de telles souffrances ? Pourquoi lui-même devait-il ramper dans sa propre cité comme un criminel, dans la crainte d'être marqué, emprisonné, tué ?

Il regagna la route déserte et, au bord de la nausée, leva les yeux sur le palais qui se dressait au sommet de la colline. D'aussi loin qu'il pouvait se souvenir, la demeure royale servait de quartier général au Seigneur des Ténèbres. Au temps jadis, lui avaient confié ses amis, le roi de Deltora y avait vécu dans le luxe. Le palais, alors, était à moitié dissimulé par une brume pâle et miroitante qui avait disparu quand le Seigneur des Ténèbres était venu. Désormais, on voyait distinctement l'édifice.

Si ses parents lui avaient fait étudier l'histoire de Deltora depuis sa fondation, ils n'étaient guère loquaces pour ce qui concernait l'époque qui avait précédé sa naissance. Ils prétextaient que le Seigneur des Ténèbres avait des espions partout et que mieux valait tenir sa langue. Les amis de Lief, eux, n'avaient pas peur et ils lui avaient appris beaucoup de choses.

Notamment, que le dernier roi, Endon, à l'exemple de ses prédécesseurs, méprisait ses sujets et n'avait pas fait le moindre geste en leur faveur. Son unique mission consistait à veiller sur la Ceinture magique de Deltora. À cause de sa paresse et de sa négligence, l'Ennemi la lui avait dérobée. En vérité, il avait livré le royaume au Seigneur des Ténèbres.

Endon, prétendaient encore les amis de Lief, n'était plus de ce monde. « Bon débarras ! » pensa Lief, farouche, en se hâtant vers sa maison. Le roi méritait la mort pour les souffrances qu'il avait apportées à son peuple.

Il parvint en bordure des champs et se mit à courir, le dos courbé, se dissimulant dans les hautes herbes. Dans quelques minutes, il serait en sécurité. Déjà il distinguait les lumières de sa demeure, qui luisaient faiblement dans le lointain.

Son retard allait lui valoir des ennuis et on l'interrogerait à propos de la corde. Bah ! Avec un peu de chance, ses parents seraient si soulagés de le voir qu'ils lui pardonneraient.

Ils ne l'enverraient pas se coucher sans manger, du moins, pensa Lief avec satisfaction en traversant la route et en filant à vive allure vers la forge. Ils souhaitaient discuter avec lui.

De quoi ? se demanda-t-il un bref instant. Puis il se remémora la mine grave de ses parents et sourit.

Il les aimait beaucoup, tous les deux, mais il ne connaissait personne de plus ordinaire, de plus timide et silencieux que Jarred et Anna de la forge. Son père boitait depuis qu'un arbre abattu l'avait blessé dans sa chute, quand Lief avait dix ans. Toutefois, même avant cet accident, Anna et Jarred étaient des gens taciturnes. Ils paraissaient se satisfaire des récits que contaient les voyageurs qui s'arrêtaient à la forge plutôt que de voir le monde par eux-mêmes.

Lief était né après l'âge de noirceur et de terreur qui avait commencé avec l'arrivée du Seigneur des

Ténèbres. Il savait cependant que bon nombre d'habitants de la cité s'étaient battus jusqu'à la mort et que beaucoup d'autres avaient fui, épouvantés.

Jarred et Anna n'avaient pas plus choisi la résistance que la fuite. Alors que régnaient alentour le chaos et l'épouvante, ils étaient demeurés dans leur chaumière, obéissant aux ordres, tendant le dos pour ne pas attirer sur eux la colère de l'Ennemi. Et quand l'effroi avait cédé la place à la misère dans la cité, ils avaient rouvert le portail de la forge et s'étaient remis au travail, ne luttant que pour survivre dans les décombres de leur nouvel univers.

Lief ne parvenait pas à comprendre leur attitude ; il en aurait été incapable. Il était convaincu que ses parents souhaitaient plus que tout se tenir à l'écart des ennuis, quel que fût le prix à payer, et prêt à parier que rien de ce qu'ils avaient à lui dire ne le surprendrait.

Il franchit d'un bond le portail de la forge, esquiva Barda qui progressait vers son abri nocturne à la vitesse d'un escargot et s'engouffra dans la chaumière. Il avait des excuses prêtes sur le bout de la langue et salivait à la perspective du dîner.

Il était à mille lieues de se douter qu'en l'espace d'une heure tout allait changer pour lui.

Il était à mille lieues de se douter qu'il était sur le point de recevoir le choc de sa vie.

9

Le secret

Stupéfait par ce qu'il venait d'entendre, Lief dévisagea son père. C'était comme s'il le voyait d'un œil neuf.

— Tu as autrefois vécu au palais ? Tu étais l'ami du roi ? *Toi ?* Non ! Je ne peux pas le croire ! Et je ne le croirai jamais !

Jarred eut un sourire amer.

— Tu dois le croire, mon fils. (Il serra les poings.) Pourquoi sinon penses-tu que nous ayons mené une vie si paisible durant ces années, obéissant docilement aux ordres qu'on nous donnait, sans nous rebeller ? Maintes et maintes fois, j'ai eu envie de riposter. Puis la voix de la raison me commandait de ne pas attirer sur nous l'attention de l'Ennemi.

— Mais... mais pourquoi ne m'en as-tu rien dit ? bégaya Lief.

— Nous jugions préférable de garder le secret, répondit sa mère.

Debout devant l'âtre, elle le regardait d'un air grave.

— Il était primordial, vois-tu, qu'aucune parole ne revienne aux oreilles du Seigneur des Ténèbres, poursuivit-elle. Et jusqu'à tes dix ans, ton père a cru qu'il entreprendrait lui-même la quête pour retrouver les pierres précieuses de Deltora quand le moment serait venu. C'est alors que...

Elle s'interrompit, jetant un coup d'œil à son mari assis dans son fauteuil, sa mauvaise jambe étendue raide devant lui.

Jarred eut de nouveau un sourire amer.

— C'est alors que l'arbre est tombé et que j'ai dû m'incliner devant le destin, acheva-t-il. Je suis encore capable de travailler à la forge pour gagner notre pain, mais je ne puis entreprendre un voyage. C'est donc à toi, Lief, que la mission échoit. Si tu l'acceptes.

La tête de Lief lui tournait. Un grand nombre de ses convictions avaient été balayées en l'espace d'à peine une heure.

— Ainsi, le roi n'est pas mort, dit-il entre ses dents, s'efforçant d'assimiler la nouvelle. Il s'est échappé avec la reine. Comment se fait-il que le Seigneur des Ténèbres ne les ait pas retrouvés ?

— Lorsque nous avons regagné la forge, le roi et la reine ressemblaient à n'importe qui, expliqua

Jarred. Nous avons mis sur pied un plan d'évasion tandis qu'au-dehors le vent hurlait et que les ténèbres s'épaississaient sur le pays. Ensuite, nous nous sommes séparés. (Le chagrin, ravivé par les souvenirs, altérait ses traits.) Nous avions conscience qu'il s'agissait peut-être d'un adieu. Endon, alors, avait compris que ses sujets lui avaient retiré le peu de confiance qu'ils avaient encore en lui. La Ceinture ne brillerait jamais plus pour lui. Tous nos espoirs reposaient sur son enfant à naître.

— Mais... mais comment sais-tu que l'héritier est bien né et qu'il vit toujours ?

Jarred se leva avec effort. Il enleva la vieille einture marron qu'il portait au travail. Robuste et lourde, elle était faite de deux longueurs de cuir cousues ensemble. Avec son couteau, il coupa la couture à une extrémité et fit glisser une délicate chaîne d'acier qui reliait sept médaillons.

Lief étouffa une exclamation. Même dépourvue d'ornements, c'était le plus bel objet qu'il eût jamais vu. Il mourait d'envie de la toucher. Saisi d'impatience, il tendit la main.

— Je l'ai réparée, afin qu'elle puisse de nouveau recevoir les sept pierres précieuses, dit Jarred. Elle est si intimement mêlée au sang d'Adin qu'elle serait tombée en poussière si l'héritier n'était plus de ce monde. Mais vois... Elle est toujours intacte.

Nous pouvons donc être certains que le fils d'Endon est en vie.

Émerveillé, Lief contemplait le prodige – la Ceinture née d'un rêve, forgée par le grand Adin en personne. Combien de fois avait-il lu ce qui la concernait dans *La Ceinture de Deltora*, le livre à la couverture fanée que son père lui avait donné à étudier ? Il pouvait à peine croire qu'il la tenait entre ses doigts.

— Si tu acceptes d'entreprendre la quête, mon fils, tu devras mettre la Ceinture et ne jamais la perdre de vue jusqu'à ce qu'elle soit revêtue de ses sept pierres, déclara Anna. Le veux-tu ? Pèse mûrement ta réponse.

Mais sa décision était déjà arrêtée. Lief leva sur ses parents des yeux étincelants.

— Je le veux ! s'écria-t-il d'une voix ferme. (Et, sans l'ombre d'une hésitation, il passa la Ceinture sous sa chemise. L'acier était froid sur sa peau.) Où dois-je aller ?

Jarred, les traits soudain tirés et pâles, se rassit et observa le feu.

— En prévision de ce moment, nous avons écouté les nombreux récits que contaient les voyageurs, reprit-il enfin. Je vais te confier ce que nous savons. Prandine a affirmé que les pierres étaient dispersées et cachées là où personne n'oserait s'aventurer.

— Ce qui signifie, je suppose, des lieux qui font se dresser les cheveux sur la tête, conclut Lief.

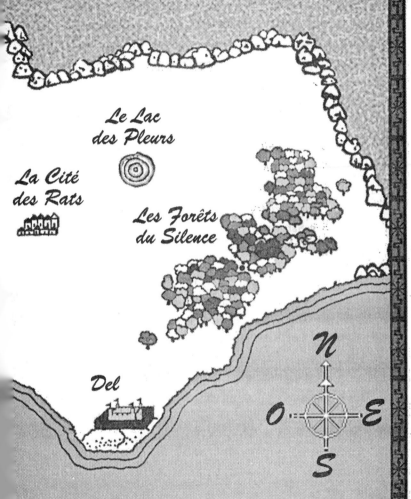

Le Pays des Ténèbres

Le Lac
des Pleurs

La Cité
des Rats

Les Forêts
du Silence

Del

N

O   E

S

DELTORA

— En effet. (Jarred saisit un parchemin sur la table et le déroula avec lenteur.) Sept Ak-Baba volaient de conserve au-dessus du donjon du palais le jour où les pierres ont été dérobées. Puis ils ont chacun pris une direction différente. Nous croyons que chaque oiseau emportait une pierre pour la cacher dans un endroit précis. Regarde. J'ai dessiné une carte.

Le cœur battant la chamade, Lief se pencha.

— Le Lac des Pleurs, lut-il. La Cité des Rats. Les Sables Mouvants. Les Montagnes Redoutables. Le Labyrinthe de la Bête. La Vallée des Égarés. Les Forêts du Silence...

Sa voix hésita. Les noms seuls l'emplissaient d'effroi, en particulier le dernier.

Les histoires horribles qu'il avait entendu raconter sur les Forêts situées à l'est de Del lui revinrent à l'esprit et la carte se brouilla devant ses yeux.

— Au fil des années, poursuivit son père, des voyageurs nous ont rapporté avoir vu un Ak-Baba solitaire planer au-dessus de tel ou tel autre de ces sept lieux le jour où est venu le Seigneur des Ténèbres. Les oiseaux sont là où tu dois chercher les pierres, nous en sommes persuadés. On ne sait pas grand-chose d'eux, mais ils sont réputés être maléfiques. La route sera longue et semée d'embûches, Lief. Veux-tu toujours partir ?

Lief avait la bouche sèche. Il déglutit et hocha le menton

— Il est si jeune ! se récria sa mère. (Baissant la nuque, elle enfouit sa figure dans ses mains.) Oh, j'en ai le cœur brisé !

Lief jeta les bras autour de son cou.

— Je veux partir, mère ! s'exclama-t-il. Ne pleure pas !

— Tu ignores à quoi t'engage ta promesse !

— Peut-être. Mais je ferais tout au monde pour débarrasser notre pays du joug du Seigneur des Ténèbres. Où est l'héritier ? demanda-t-il à son père. Cela, au moins, tu le sais, puisque c'est toi qui as suggéré la cachette.

— Il se peut, en effet, répondit tranquillement son père. Toutefois, je ne te le révélerai pas, pour ne pas mettre notre cause en péril. Sans la Ceinture, l'héritier est réduit à l'impuissance. Il doit rester caché jusqu'à ce que les sept pierres l'ornent de nouveau. Tu as l'impatience et la fougue de la jeunesse, Lief, et l'entreprise qui t'attend sera semée de dangers. Tu pourrais céder à l'envie de rencontrer l'héritier avant d'avoir achevé ta quête. Je ne puis en prendre le risque.

Lief ouvrit la bouche. Son père, d'un geste, lui intima de se taire.

— Quand les sept pierres auront repris leur place, la Ceinture te guidera jusqu'à l'héritier, mon fils. D'ici là, il te faudra patienter. (Jarred dissimula un sourire en entendant Lief soupirer de dépit. Puis il se pencha et tira quelque chose de sous son fauteuil.) J'espère que mon présent d'anniversaire te remontera le moral.

Lief, stupéfait, contempla la mince épée qui étincelait dans la main de son père. Une merveille.

Jarred la lui tendit.

— Je l'ai faite dans notre forge. Prends soin d'elle, et elle prendra soin de toi.

Lief hocha la tête et bredouilla des remerciements. Sa mère, à son tour, lui remit un cadeau – une cape délicatement tissée, moelleuse, légère et chaude. Sa couleur semblait changer quand elle bougeait, si bien qu'il était difficile de dire si elle était marron, verte ou grise. Quelque part entre les trois, trancha Lief. Comme les eaux du fleuve en automne.

Anna embrassa son fils.

— Cette cape, elle aussi, prendra soin de toi, où que tu ailles, chuchota-t-elle. L'étoffe en est... spéciale. J'ai utilisé, pour la tisser, tous les arts que je connaissais et j'y ai à parts égales mêlé beaucoup d'amour et de souvenirs, de robustesse et de chaleur.

Jarred se leva et enlaça sa femme. Elle s'appuya contre lui, les yeux brillants de larmes.

Lief regarda ses parents.

— Vous n'avez pas un instant douté que j'accepterais d'entreprendre la quête, dit-il doucement.

— Nous te connaissions trop bien pour cela, répondit sa mère, s'efforçant de sourire. J'étais certaine, également, que tu désirerais te mettre en route sans tarder. Je t'ai préparé des vivres et de l'eau pour les premiers jours de ton voyage. Libre à toi de partir ce soir.

— Ce soir ? souffla Lief.

Il en avait l'estomac retourné. Il n'avait pas imaginé une telle précipitation. Mais au fond, sa mère avait raison. À présent qu'il avait arrêté sa décision, il brûlait d'entamer sa quête.

— Une dernière chose, ajouta son père en se dirigeant vers la porte. Tu auras un compagnon.

Lief en resta bouche bée. Quelles surprises la soirée lui tenait-elle encore en réserve ?

— Qui... ? commença-t-il.

— Un ami fidèle. Le seul homme en qui nous puissions avoir confiance, répondit Jarred d'un ton bourru.

Il ouvrit la porte.

Horrifié, Lief vit entrer Barda.

10

Décisions

Statufié, Lief regardait le mendiant bouche bée.

— Eh bien, Lief, marmonna Barda, n'es-tu pas satisfait de ton compagnon ?

— Ne le taquine pas, Barda, dit Anna. Comment Lief pourrait-il savoir que tu n'es pas celui que tu parais être ? Explique-lui.

Barda retira sa cape miteuse et la laissa tomber sur le sol. Ses vêtements étaient grossiers mais propres. Il carra les épaules, repoussa de son visage ses cheveux ébouriffés, serra la mâchoire et leva le menton. Et soudain, il sembla un autre homme – grand, robuste et plus jeune de plusieurs années.

— Moi aussi je vivais au palais quand ton père et le roi Endon étaient enfants, Lief, déclara-t-il d'une voix différente de sa voix habituelle. J'étais le fils de leur bonne, Min, mais nous ne nous connaissions pas. Alors qu'ils prenaient leurs leçons, je m'entraînais déjà pour être Garde du palais.

— Mais... mais je t'ai toujours vu près de la forge, bredouilla Lief.

Le visage de Barda s'assombrit.

— J'ai quitté le palais le soir où ma mère a été assassinée. Je savais que je subirais le même sort si je restais. Grâce à mon uniforme, j'ai pu franchir les grilles et je suis venu ici.

Lief déglutit.

— Ici ? Pourquoi ?

— Le destin a guidé mes pas, je crois, comme il avait guidé ceux de ton père avant moi. Il faisait nuit noire. Aucune lumière ne brillait dans la chaumière. Je me suis glissé au plus profond de la forge et j'ai dormi. Lorsque je me suis réveillé, des heures plus tard, c'était le jour, bien qu'on n'en eût pas l'impression. Le vent hurlait. Encore à moitié endormi, je suis sorti en trébuchant et j'ai aperçu quatre étrangers près du portail. Je sais à présent qu'il s'agissait de Jarred et Anna pressant le roi et la reine de partir, mais ce n'était pas le cas à l'époque. (Il jeta un regard oblique à Jarred.) Ton père a été plus que surpris de voir un Garde du palais s'avancer vers lui en titubant, poursuivit-il d'un air pincé. Il m'a accueilli d'un coup de poing qui m'a renvoyé dormir pour un bon bout de temps.

Lief secoua la tête, incrédule. Son père ! Lui qui ne ferait pas de mal à une mouche !

— Quand j'ai repris conscience, continua Barda, Jarred et Anna n'avaient semblait-il plus peur de moi. J'avais parlé dans mon sommeil, contant mes malheurs et mes craintes. Ils savaient donc qui j'étais et mesuraient le danger qui me menaçait. Ils avaient compris que j'étais un ami.

— En effet, murmura Anna. (Elle se tourna vers son fils.) Nous avons appris à Barda l'identité de nos visiteurs et avons demandé son aide pour retrouver les pierres perdues de Deltora, quand le moment serait venu.

Barda fronça les sourcils, la mine sévère.

— J'ai accepté de bon cœur. J'étais résolu à faire l'impossible pour vaincre le Seigneur des Ténèbres et venger l'assassinat de ma mère.

— C'est... c'est incroyable ! bégaya Lief. Toutes ces années, tu...

Barda haussa les épaules.

— Toutes ces années, j'ai vécu en sécurité, caché sous mon déguisement de mendiant. Jarred et Anna m'ont donné toit et nourriture, et m'ont aidé à jouer mon rôle sans qu'il m'en coûte trop. En échange, j'ai veillé sur toi depuis ton dixième anniversaire.

— Veillé sur moi ? s'écria Lief.

— Eh oui ! répondit Barda d'une voix traînante. Après l'accident de ton père, j'ai déclaré que je partirais seul à la recherche des pierres précieuses le moment venu. Mais Jarred et Anna avaient d'autres projets. Ils désiraient qu'on t'accorde la chance d'accomplir la promesse paternelle.

Tout en parlant, Barda jetait des regards aux parents de Lief. Ceux-ci demeurèrent impassibles. Lief devina cependant qu'ils avaient dû se disputer souvent à ce propos dans le passé. Il était clair que Barda aurait préféré entreprendre seul le voyage.

« Il pense que je serai un fardeau pour lui », songea Lief avec colère.

Barda reprit son récit.

— J'ai accepté de t'avoir pour compagnon à la condition que tes parents te laissent aiguiser tes facultés et apprendre à connaître la vie en traînant dans les rues de la cité. À mes yeux, c'était aussi important que d'étudier ton livre ou de manier l'épée, afin de te préparer à ce qui t'attendait. Cela dit, il fallait te protéger du danger. (Il eut un sourire torve.) Cela n'a pas été facile, jeune Lief, de te préserver des ennuis ! Au fait... tu as ma corde, je crois ?

Il tendit la main.

N'osant regarder ses parents, Lief lui donna la corde qu'il avait jetée dans un coin. Le visage brûlant, il se rappela comme il avait été fier de ses nombreuses fuites réussies au fil des années, s'en vantant auprès de ses amis. Ainsi, elles n'avaient rien dû à la chance.

ou à l'adresse. Barda avait veillé sur lui durant tout ce temps.

Il baissa les yeux, en proie à la honte. « Il doit me prendre pour un bon à rien ! rageait-il en silence. Ce... ce *gamin* dont il devait être la nounou ! Comme il a dû se moquer de moi ! »

Il prit conscience que Barda poursuivait son récit et leva les yeux.

— Mes hardes de mendiant ont été utiles d'autres façons, dit-il, fixant la corde autour de sa taille avec des gestes posés. Les Gardes Gris bavardent librement devant moi. Pourquoi se soucieraient-ils d'un mendiant simple d'esprit ?

— C'est grâce aux informations que Barda a glanées l'an passé, Lief, que nous savons que l'heure a sonné d'agir, ajouta Jarred, observant avec anxiété le visage sombre de son fils. Avide de nouvelles conquêtes, le Seigneur des Ténèbres a enfin détourné les yeux de nous, pour les poser sur des contrées au-delà des mers. Des vaisseaux de guerre ont quitté nos côtes.

— Beaucoup de Gardes Gris séjournent encore dans la cité, précisa Barda, mais peu, semble-t-il, patrouillent à présent dans la campagne. Ils l'ont abandonnée aux bandes de voleurs et autres monstres qui écument désormais les routes. Il y a toujours eu des êtres malfaisants à Deltora. Autrefois, cependant, le bien contrebalançait le mal. Depuis la venue du

Seigneur des Ténèbres, l'équilibre s'est rompu. Le mal est devenu infiniment plus puissant que le bien.

Lief fut pris d'un frisson qui étouffa sa colère. Mais les yeux de Barda étaient rivés sur lui, et il aurait préféré mourir plutôt que de montrer sa peur. Il saisit la carte.

— Avez-vous choisi notre itinéraire ? demanda-t-il brusquement.

Son père parut sur le point de répondre. Barda, plus prompt, désigna un endroit sur la carte.

— À mon sens, nous devons mettre cap à l'est, droit sur les Forêts du Silence.

Trois halètements de stupeur résonnèrent dans la petite pièce.

Le père de Lief s'éclaircit la voix.

— Nous étions convenus que les Forêts seraient votre ultime épreuve, Barda.

Le colosse haussa les épaules.

— J'ai surpris aujourd'hui des propos qui m'ont fait changer d'avis. Comme nous tous, les Gardes Gris ont toujours redouté les Forêts. Maintenant, paraît-il, ils refusent même de s'en approcher à cause des pertes qu'ils ont subies. Les routes qui les environnent sont complètement vides – de Gardes Gris, du moins.

Pétrifié, Lief fixa la carte, les yeux vitreux. Affronter les Forêts du Silence, ce lieu de tous les cauchemars de l'enfance, dans un futur lointain était une chose. Les affronter dans quelques jours en était une autre.

— Qu'en penses-tu, Lief ?

Bien que Barda eût posé la question d'un ton désinvolte, Lief devina qu'il le testait. Il s'humecta les lèvres et leva les yeux de la carte, croisant sans ciller le regard du colosse.

— Un excellent plan, je dirais, Barda. S'il n'y a pas de Gardes Gris pour nous mettre des bâtons dans les roues, nous filerons bon train. Et si nous réussissons à retrouver rapidement la première pierre, cela nous donnera du cœur pour continuer notre quête.

Barda battit des paupières.

« J'avais raison, conclut Lief. Il était sûr que je refuserais de venir avec lui. Il se croyait débarrassé de moi. Eh bien, il se trompait ! »

— Alors, Jarred ? interrogea Barda.

Le maréchal-ferrant courba la tête.

— Le destin, semble-t-il, s'est mêlé de modifier mes projets. Je n'ai d'autre choix que de m'incliner devant ses décrets. Fais comme bon te semble. Nos pensées et nos espoirs vous accompagnent !

11

Prenez garde !

Cela faisait des heures, à présent, qu'ils avaient quitté Del et marchaient en direction de l'est. Lief avait l'impression de cheminer en rêve. À son côté, Barda avançait à grands pas, silencieux, droit, solide. Un homme qui n'avait plus rien à voir avec l'épave, traînant les pieds et marmottante, prostrée près du portail de la forge qu'avait toujours connue Lief.

Ils étaient sortis de la cité en se faufilant par une brèche du mur d'enceinte. Lief en ignorait l'existence, tant elle était habilement camouflée. Désormais, Del, ses parents, ses repères étaient loin derrière lui et chacun de ses pas le rapprochait d'un lieu dont la seule évocation du nom le glaçait de terreur.

Il redoutait les Forêts du Silence à cause de leur proximité et des histoires qu'il avait entendu raconter sur elles depuis sa tendre enfance. Cela étant, pensait-il, les autres endroits indiqués sur la carte étaient largement aussi terrifiants.

Cette idée ne le réconforta pas le moins du monde.

Durant la première heure de route, il avait gardé la main sur son épée, le cœur tambourinant. Comme ils n'avaient croisé âme qui vive, il s'était détendu et ne se souciait plus que de régler son allure sur les longues foulées de Barda. Il avait la ferme intention de ne pas être le premier à demander une halte, ni à parler, même si les questions se bousculaient dans sa tête.

Ils arrivèrent à une bifurcation. Un sentier, à leur droite, enjambait un petit pont en bois, puis disparaissait au loin dans l'obscurité. Barda s'arrêta.

— C'est sans doute le sentier qui mène à Wenn Del – et un raccourci pour gagner les Forêts. L'embranchement correspond à la description qu'on m'en a donnée. Cependant, il devrait y avoir une pancarte, et je n'en vois pas.

De grands arbres se dressaient autour d'eux, mais aucune feuille ne bruissait. Une chape de silence recouvrait les lieux.

Les nuages s'ouvrirent soudain et la lune darda ses rayons fantomatiques sur les deux voyageurs. Lief regarda autour de lui et aperçut un éclat blanc ténu sur le bas-côté. Il s'y dirigea en hâte, s'agenouilla et fit signe à Barda de le rejoindre.

— La voici ! cria-t-il avec excitation, tâtonnant parmi les feuilles mortes. Quelqu'un l'aura jetée à terre pour dissimuler l'existence du sentier.

La pancarte reposait à plat sur le sol, presque entièrement recouverte par des feuilles et des plantes. Lief finit de la dégager, puis s'assit sur ses talons et haleta en déchiffrant l'inscription.

— Quelqu'un a cherché à avertir d'éventuels voyageurs d'un danger. Nul doute qu'on l'a jetée à terre non pour dissimuler l'existence du sentier, mais la mise en garde, marmonna Barda.

Lief se releva lentement, lançant des coups d'œil derrière lui. Tout à coup, le silence, épais et lourd, l'oppressa.

Il s'aperçut que Barda l'observait, les sourcils froncés.

— Ce sentier nous fera gagner une journée et demie. Cela dit, je me demande si j'ai le droit de t'entraîner vers un péril certain alors que nous entamons juste notre quête.

Lief fut pris d'un accès de colère. Il en voulait à Barda de voir sa peur, il s'en voulait à lui-même de la montrer et, surtout, il en voulait à l'ennemi inconnu et sournois qui avait caché la pancarte.

— Tu n'as plus besoin de jouer les nounous, Barda, répliqua-t-il d'une voix forte, en donnant des coups de pied dans les feuilles. Un raccourci est trop précieux pour qu'on se prive de le prendre. Nous sommes avertis, désormais. Avançons et restons sur nos gardes.

— Très bien, rétorqua Barda en se détournant. À ta guise.

Sa voix, calme et unie, ne trahissait pas ses sentiments.

Ils s'engagèrent donc à droite et franchirent bientôt le petit pont en bois. Le sentier fit un coude, devint plus étroit et sombre. D'épais taillis le bordaient de chaque côté. Les feuilles en étaient grandes, lisses et raides, avec d'étranges nervures pâles qui paraissaient presque blanches sur le vert foncé.

Lief sentit sa nuque le picoter. Il tourna légèrement la tête et, du coin de l'œil, distingua une paire d'yeux rouges, luisant au clair de lune. Réprimant son envie de hurler, il effleura le bras de Barda.

— J'ai vu, souffla le colosse. Tire ton épée et continue de marcher. Tiens-toi prêt.

Lief obéit, le corps parcouru de frissons. Il aperçut une deuxième paire d'yeux, puis une autre. Et bientôt, il sembla que le sentier était balisé de points lumineux. Mais on n'entendait pas le moindre bruit.

Lief serra les dents. Sa main qui tenait l'épée était glissante de sueur.

— Qui sont-ils ? Qu'est-ce qu'ils attendent ? siffla-t-il.

À cet instant, quelque chose traversa le sentier au ras du sol. Lief pivota juste à temps pour discerner une créature difforme et translucide, uniquement faite, semblait-il, de jambes et de bras. Il eut la chair de poule.

Barda le tira par le coude.

— Avance ! Ne t'ai-je pas dit que...

C'est alors que s'éleva le bourdonnement.

Doux, d'abord. Il venait de partout, emplissant l'air – aigu, comme si un énorme essaim de guêpes avait soudain envahi le sentier.

Sauf qu'il n'y avait pas un insecte en vue. Seulement le vert foncé des feuilles. Et les yeux, qui observaient. Et le bourdonnement, qui s'amplifiait à chacun de leurs pas, de sorte que, très vite, leurs têtes en furent pleines et que leurs tympans se mirent à leur faire mal et à tinter.

Et le bourdonnement croissait toujours – perçant, strident, insupportable. Voulant à tout prix le faire taire, ils plaquèrent leurs paumes sur leurs oreilles et courbèrent la nuque, accélérant l'allure, courant enfin à perdre haleine. Leurs pieds résonnaient sourdement sur le sentier sans fin, leur souffle se faisait laborieux et haletant, leur cœur frappait comme le tonnerre. Pourtant, ils n'avaient conscience de rien – rien sinon la souffrance causée par le bourdonnement qui montait et montait, leur vrillant le cerveau, en bannissant toute pensée.

Ils filaient à la vitesse du vent, zigzaguant et trébuchant, cherchant coûte que coûte à lui échapper. Ils appelèrent à l'aide, et n'entendirent même pas leurs voix. Enfin, ils s'effondrèrent, épuisés, et se tordirent de douleur dans la poussière.

Le bourdonnement monta encore pour se transformer en un hurlement strident de triomphe. Les feuilles s'agitèrent violemment et bruissèrent. Une myriade de créatures translucides et dégingandées aux yeux de braise se ruèrent sur eux.

Et, en un clin d'œil, ils en furent recouverts.

※

Lief reprit peu à peu pied dans la réalité. Où était-il ? Combien de temps s'était-il écoulé ? Un tintement assourdi lui emplissait les oreilles. Il avait la gorge irritée, les muscles endoloris.

« Je suis vivant, pensa-t-il, vaguement surpris. Comment est-ce possible ? »

Il tenta de réfléchir. Son cerveau paraissait obscurci par un brouillard épais.

Il se rappelait avoir couru avec Barda sur le sentier de Wenn Del, la tête près d'exploser à cause du bourdonnement. Pour le reste, le trou noir.

Quoique... Un rêve flottait à la lisière de sa conscience. Un rêve fait de douleurs acérées comme des aiguilles, cuisantes, sur tout le corps. Un rêve dans lequel de minces doigts sans douceur le poussaient et le tiraient. Un rêve dans lequel on le transportait sans ménagement sur des épaules osseuses. Un rêve fait de gloussements et de marmonnements perçants, tandis que la nuit cédait la place au jour, puis le jour à la nuit. Un rêve terrible. Mais... avait-ce été un rêve ? Ou tout cela avait-il été réel ?

Il était allongé sur le dos. La lumière tombait en oblique à travers les branches, haut au-dessus de lui. « C'est le jour, à présent, pensa-t-il, à demi engourdi. La fin d'après-midi. Mais quel après-midi ? Combien de temps suis-je resté inconscient ? Et où suis-je ? »

Il perçut un grognement non loin de lui. Il tenta de tourner la tête. Et s'aperçut qu'il ne pouvait pas bouger.

Il fut pris de panique. Il voulut lever les mains, remuer les pieds... Il n'arrivait même pas à agiter un doigt.

« Comment peuvent-ils m'avoir ligoté si serré ? » se demanda-t-il, hébété.

Puis la réponse s'imposa peu à peu, avec une horrible évidence. Il n'était pas ligoté. En vérité, son corps refusait d'obéir à sa volonté.

— Que... que s'est-il passé ? cria-t-il, en proie à la terreur.

— Ils nous ont piqués – comme les guêpes piquent les chenilles ou les araignées les mouches.

La voix de Barda était pâteuse et lente, mais Lief la reconnut. Il comprit que c'était Barda qui avait grogné un peu plus tôt. Le colosse était étendu près de lui, réduit à la même impuissance.

— Les créatures nous ont paralysés afin de nous garder en vie tout en entravant nos mouvements, poursuivit Barda. Elles vont revenir nous dévorer. (Il grogna de nouveau.) Quelle stupidité d'avoir ignoré la mise en garde de la pancarte ! C'est ma faute. J'imaginais pouvoir combattre n'importe quelle arme. Mais ce bourdonnement ! Qui pourrait s'en protéger ? Je ne comprends pas que les Gardes de Del n'en aient jamais parlé.

— Peut-être n'en savaient-ils rien. Ou bien aucun de ceux qui l'ont entendu n'a survécu pour en témoigner.

— Lief... je t'ai mené à la mort !

Le jeune homme s'humecta les lèvres.

— Ne t'accable pas de reproches. Nous avons pris le sentier ensemble. Et puis nous ne sommes pas encore morts ! Barda, où nous trouvons-nous ?

Le colosse demeura longtemps silencieux. Et sa réponse, quand elle vint, emplit le cœur de Lief d'épouvante.

— Les créatures nous ont fait parcourir un bon bout de chemin. Je pense... je pense que nous sommes dans les Forêts du Silence.

Lief ferma les yeux, s'efforçant de refouler la vague de désespoir qui le submergeait. Puis une pensée lui traversa l'esprit.

— Pourquoi nous amener ici, à des lieues de chez elles ?

— Parce que, cria une voix, vous représentez une prise de choix, bien trop précieuse pour que les Wenn vous gardent pour eux seuls. Ils vous ont transportés ici afin de faire une offrande à leur dieu. Le Wennbar aime la chair fraîche. Il viendra au coucher du soleil.

L'arbre au-dessus de Lief bruissa. Et, aussi légère qu'une libellule, une fille à la crinière de sauvageonne atterrit sur le sol juste à côté de la tête du garçon.

12

Le Wennbar

Abasourdi, Lief plissa les yeux. La fille avait à peu près son âge, un visage aux traits délicats, des cheveux noirs, des sourcils en oblique, des yeux verts. Elle était vêtue d'habits gris en loques qui lui semblaient étrangement familiers. Elle se pencha sur Lief et dénoua le cordon de sa cape.

— Merci, mon Dieu, que tu sois venue ! chuchota-t-il.

— Nous en aurons grand usage, Filli, dit la fille.

Stupéfait, Lief comprit qu'elle s'adressait à une petite bête à fourrure accrochée à son épaule.

— Quelle chance que nous soyons passés par ici aujourd'hui, poursuivit-elle. Demain, l'étoffe aurait été complètement gâtée.

D'une poussée de son bras mince et hâlé, elle fit basculer Lief sur le flanc afin de dégager la cape.

Puis elle le remit sur le dos et se redressa, la cape jetée sur son avant-bras.

Un son criard retentit dans les cimes. Lief leva les yeux et aperçut un corbeau, perché dans l'arbre d'où la fille avait sauté. La tête penchée, le volatile les observait de son œil jaune perçant.

La fille sourit et brandit la cape.

— Regarde ce que j'ai trouvé, Kree ! Une belle couverture neuve pour notre nid. N'aie crainte. Nous te rejoignons tout de suite.

Elle tourna les talons.

— Non ! hurla Lief, cédant à la panique. Ne nous abandonne pas !

— Tu ne peux pas nous laisser mourir ici ! rugit Barda.

Mais déjà la fille avait disparu à leur vue, emportant la cape. Et soudain, du fond de son désespoir, Lief songea aux mains maternelles tissant patiemment l'étoffe à la lumière de la chandelle.

— Rends-moi ma cape ! brailla-t-il.

C'était stupide, il le savait. Il allait bientôt mourir, et de manière atroce. Qu'importait que la fille lui eût pris sa cape ?

N'empêche... Cela importait bel et bien.

— Tu n'as pas le droit ! cria-t-il, hors de lui. C'est ma mère qui l'a tissée pour moi. Ma mère !

Seul le silence lui répondit. Puis, à sa stupéfaction, la fille revint, l'examinant d'un œil suspicieux à travers ses cheveux emmêlés.

— Ta mère ? Comment cela se pourrait-il ? Les Gardes Gris ne connaissent pas leur mère. On les élève par groupes de dix, dans des maisons qui...

— Je ne suis pas un Garde Gris ! hurla Lief. Mon ami et moi sommes des... des voyageurs venus de Del. Ne le vois-tu pas à nos vêtements ?

La fille eut un rire dédaigneux.

— Vos déguisements ne me trompent pas. Seuls les Gardes Gris empruntent le sentier de Wenn Del, car il ne conduit nulle part sinon dans les Forêts. (Elle caressa le petit animal agrippé à son épaule et poursuivit d'une voix dure :) Nombre de tes pareils vous ont précédés en ces lieux, en quête de créatures a emmener ou à tuer. Crois-moi... ils s'en sont mordu les doigts.

— Nous ne sommes pas des Gardes Gris ! s'exclama Barda. Je m'appelle Barda, mon compagnon, Lief. Nous sommes venus dans les Forêts pour une bonne raison.

— Laquelle ? demanda la fille, sceptique.

— Nous... nous ne pouvons te le dire, déclara Lief.

La fille se détourna, haussant les épaules. Affolé, Lief cria dans son dos :

— Quel est ton nom ? Où est ta famille ? Peux-tu la faire venir ici ?

La fille s'arrêta et pivota pour l'étudier. Elle semblait perplexe, comme si personne ne lui avait jamais posé semblables questions.

— Je m'appelle Jasmine, dit-elle enfin. Kree et Filli sont mon unique famille. Des Gardes Gris ont emmené ma mère et mon père voilà très longtemps.

Lief céda à un accès de découragement. Ainsi, personne ne pouvait aider Jasmine à les emmener en lieu sûr. Cela dit, elle était robuste. Peut-être y avait-il un moyen de se tirer d'affaire.

— Les Gardes Gris sont des ennemis mortels pour nous comme pour toi, commença-t-il d'une voix calme et forte. Notre quête dans les Forêts fait partie d'un plan pour les vaincre – pour débarrasser Deltora du Seigneur des Ténèbres. Secours-nous !

Il retint son souffle. Jasmine hésitait, tripotant la cape qu'elle avait toujours sur le bras. Au-dessus de leurs têtes, le corbeau cria de nouveau. Jasmine leva les yeux, jeta la cape sur la poitrine de Lief et détala sans ajouter mot.

— Reviens ! s'époumona Lief. Jasmine !

Mais il n'y eut aucune réponse. Quand il regarda la cime de l'arbre, il constata que l'oiseau avait disparu.

Barda grogna de rage. Puis un silence sépulcral s'abattit sur la clairière. Pas un oiseau ne chantait. Nulle petite créature ne faisait bruire l'herbe. C'était un silence chargé d'attente. Le silence de la désespérance. Le silence de la mort.

Le soleil déclina encore dans le ciel. De longues ombres noires striaient le sol. La nuit allait bientôt tomber. Et alors, songea Lief, le Wennbar viendrait.

La cape lui réchauffait la poitrine. Il ne pouvait lever la main pour la toucher. Toutefois, elle lui prodiguait du réconfort. Il était heureux de l'avoir. Il ferma les yeux...

❋

Quelque chose lui agrippait l'épaule. Il hurla de terreur et battit des paupières. Le visage de Jasmine était tout près du sien.

— Ouvre la bouche ! ordonna la fille. Dépêche-toi !

Elle poussa un minuscule flacon entre ses dents serrées. L'esprit confus, Lief obéit. Il sentit deux gouttes glacées lui tomber sur la langue. Un goût atroce lui emplit le palais.

— Qu'est-ce que... ? bredouilla-t-il.

Mais Jasmine s'était déjà détournée de lui.

— Ouvre la bouche ! l'entendit-il siffler à Barda.

Peu après, Barda fit un bruit dégoûté de suffocation.

— Du poison ! dit-il d'une voix râpeuse. Tu...

Le cœur de Lief s'emballa. Puis, d'un coup, son corps devint chaud et se mit à lui picoter de partout. D'instant en instant, l'impression gagnait en force, effrayante. La chaleur se fit fournaise. Les picotements se transformèrent en piqûres acérées de pure souffrance. C'était comme s'il était pris dans un buisson d'épines ardent.

Le cri d'alarme de l'oiseau retentit loin au-dessus d'eux. Le ciel était rouge à travers les feuilles de l'arbre. Barda criait. Cependant, Lief n'entendait plus rien, ne voyait plus rien, ne sentait plus rien, excepté sa souffrance et sa peur. Il se tortilla et se débattit sur le sol.

Puis, vaguement, il eut conscience que Jasmine se penchait sur lui. Elle le tirait par les bras, lui donnait des coups violents de ses pieds nus.

— Lève-toi ! lui intimait-elle. Écoute-moi ! Ne vois-tu pas que tu bouges ? Tu peux bouger !

Tu peux bouger ! Le souffle coupé, à demi incrédule, Lief refoula sa souffrance et se dressa à grand-peine sur les mains et les genoux. Il tâtonna à la recherche de sa cape. Il n'allait pas la laisser maintenant !

— L'arbre ! hurla Jasmine. Rampe jusqu'à l'arbre et grimpe ! Le Wennbar est presque sur nous !

Elle s'était déjà élancée vers Barda, qui roulait sur sa couche de fougères, gémissant de douleur.

Lief se traîna jusqu'à eux, tirant sa cape derrière lui. Jasmine, d'un geste, lui ordonna de s'éloigner.

— Va ! cria-t-elle avec véhémence. Je m'occupe de lui. Va ! Grimpe !

Elle avait raison. Lief ne pouvait lui prêter main-forte, ni à elle ni à Barda. Il n'était guère capable que de s'aider lui-même. Il se mit à progresser vers le tronc du grand arbre. Ses jambes et ses bras tremblaient.

Son corps tout entier frissonnait, balayé par des ondes de chaleur.

Arrivé au pied de l'arbre, il se mit debout. Haletant, il saisit une branche basse d'une main et, de l'autre, rassembla sa cape autour de lui.

Un jour ou deux auparavant, il avait grimpé sans effort le long d'une corde pour atteindre le faîte d'un haut mur. À présent, il doutait de parvenir ne serait-ce qu'à se hisser sur la branche.

La clairière s'obscurcit. Le soleil avait sombré sous l'horizon.

Loin au-dessus de Lief, il y eut un fracas d'ailes quand le corbeau s'envola de son perchoir. Poussant des cris d'alarme discordants, l'oiseau piqua en flèche vers Jasmine, qui chancelait, Barda appuyé sur son épaule.

— Je sais, Kree ! dit-elle, le souffle court, tandis que l'oiseau voletait avec nervosité autour de sa tête. Je le sens.

Lief perçut quelque chose, lui aussi. Une faible odeur putride envahissait peu à peu la clairière.

L'estomac retourné, il noua le cordon de sa cape, attrapa la branche à deux mains et réussit à monter dessus. Il agrippa le tronc rugueux, respirant à coups précipités, tremblant, craignant de tomber.

Jasmine et Barda avaient à leur tour atteint l'arbre. L'oiseau décrivait toujours des cercles au-dessus d'eux.

— Plus haut ! cria Jasmine à Lief. Aussi haut que

tu le peux. Le Wennbar ne sait pas grimper, mais il va essayer de nous happer avec ses griffes.

Lief serra les dents, leva les bras et se hissa sur la branche suivante. Il entendit Barda grogner. La puanteur se faisait plus forte, à présent. Soudain, il y eut un glissement sourd, furtif, un craquement de brindilles, un bruissement de feuilles. Le Wennbar approchait de la clairière.

— Dépêche-toi !

Jasmine avait bondi près de Lief. La minuscule bestiole qu'elle appelait Filli babillait sur son épaule, les yeux écarquillés de terreur.

— Barda... souffla Lief.

— Il est assez grand pour se débrouiller seul. Tu ne peux l'aider qu'en lui libérant le chemin ! rétorqua Jasmine. Grimpe, idiot ! Tu ne comprends donc pas ! Le soleil est couché. Le Wennbar...

Filli glapit, l'oiseau noir poussa un cri strident. À l'orée de la clairière, les fourrés battirent violemment et se courbèrent. L'air s'épaissit d'une odeur si infecte que Lief eut un haut-le-cœur et vomit. Puis une immense et hideuse créature rampa dans leur champ visuel.

Quatre jambes courtes et grosses que tordait le poids d'un corps gonflé comme une outre – aussi rond, marbré et ballonné qu'un gigantesque fruit pourri. Des pieds plats, énormes, pulvérisaient les brindilles. Des plis de chair fripée gris-vert pendaient de son cou. La tête n'était rien d'autre que deux yeux minuscules au-dessus de longues mâchoires cruelles. La gueule béante révélait des rangées de dents noirâtres et dégoulinantes, et des bouffées d'air vicié s'en exhalaient.

Réprimant un cri d'horreur, Lief reprit son ascension tant bien que mal, obligeant ses membres tremblants à lui obéir. Une branche. Puis une autre. Une autre encore.

Un grondement atroce résonna dans la clairière. Il baissa les yeux. Barda et Jasmine, juste au-dessous de lui, regardèrent, eux aussi. Le Wennbar était arrivé près de la couche de fougères. Il claquait des mâchoires, balançant sa tête de côté et d'autre, grognant de fureur de trouver ses proies envolées.

« Nous sommes sauvés ! songea Lief, le cœur battant. Sauvés ! Il ne peut nous poursuivre dans l'arbre ! » Il ferma les yeux, si soulagé qu'il fut pris de vertige.

— Lief ! hurla Jasmine.

Lief ouvrit les yeux juste au moment où le Wennbar se dressait de toute sa taille, ses pattes antérieures griffant l'air, son ventre gris pâle luisant dans la pénombre. La créature rugit, et les plis de peau de son cou disparurent tandis que celui-ci enflait démesurément, projetant haut sa tête, encore plus haut...

Puis le monstre bondit, se lançant à l'assaut de l'arbre, mandibules claquantes, ses petits yeux noirs brûlant de rage et de faim.

13

Le nid

La terreur donna des ailes à Lief. Par la suite, il fut incapable de se rappeler avoir grimpé comme un forcené, tandis que le Wennbar s'écrasait contre le tronc de l'arbre et que ses mâchoires tentaient de se refermer sur ses talons. Il n'avait pas eu le temps de dégainer son épée. Il n'avait eu le temps de rien, sinon sauver sa peau.

Quand il reprit ses esprits, il se cramponnait à une haute branche. Jasmine et Barda étaient à ses côtés. L'haleine fétide du Wennbar empuantissait l'air. Ses rugissements leur fracassaient les tympans.

Ils furent enfin trop haut pour qu'il pût les atteindre, même avec son cou étiré au maximum. Pourtant, il n'abandonnait pas la partie. Il se ruait sur le tronc, égratignant l'écorce de ses griffes, cherchant à les déséquilibrer.

Il ne faisait pas encore tout à fait nuit, mais la température fraîchissait. Lief avait chaud au corps grâce à sa cape. Ses mains, en revanche, accrochées à l'arbre, étaient engourdies. Barda tremblait violemment et claquait des dents.

« À force, il va tomber », pensa Lief. Il se rapprocha au plus près de Barda et de Jasmine. De ses doigts glacés et gourds, il saisit un pan de sa cape et le jeta sur eux.

Ils demeurèrent un moment blottis les uns contre les autres. Soudain, Lief se rendit compte que quelque chose avait changé.

Le monstre avait cessé d'ébranler l'arbre de ses coups de boutoir et ses rugissements avaient cédé la place à un long grondement bas. Lief perçut un mouvement et comprit que Jasmine jetait un regard furtif par les plis de la cape pour voir ce qui se passait.

— Il bat en retraite, souffla-t-elle, surprise. On dirait que nous sommes devenus invisibles.

— La cape, chuchota faiblement Barda. La cape... doit nous dissimuler.

Le cœur de Lief bondit. Le garçon se souvint des paroles que sa mère avait prononcées en lui tendant le vêtement : *Cette cape, elle aussi, prendra soin de toi, où que tu ailles. L'étoffe en est... spéciale.*

Spéciale ? Mais encore ?

Il entendit Jasmine respirer fort.

— Qu'y a-t-il ? siffla-t-il.

— Les Wenn arrivent. J'aperçois leurs yeux. Ils ont entendu se taire le rugissement. Ils croient que le Wennbar en a terminé avec vous. Ils viennent se partager les miettes du festin.

Lief frissonna. Avec prudence, il souleva la cape et scruta la clairière.

Des yeux rouges luisaient dans les buissons, à proximité de l'endroit où le Wennbar s'agitait. La créature dressa la tête, lança un regard furieux et poussa un cri semblable à un bref aboiement. Un ordre, à l'évidence.

Les fourrés frémirent. Le Wennbar réitéra son cri. Enfin, deux silhouettes pâles et difformes rampèrent en tremblant à travers la clairière et s'agenouillèrent devant lui.

Le Wennbar grogna. Négligemment, il saisit les formes agenouillées, les lança dans les airs et, ouvrant sa gueule hideuse, les goba tout cru.

Nauséeux, Lief détourna les yeux de l'horrible spectacle.

Jasmine repoussa la cape et se mit debout.

— Nous sommes sauvés, à présent. Les Wenn ont déguerpi et la créature retourne dans son antre.

Lief et Barda se regardèrent.

— L'antre... Ce doit être la cachette ! souffla Barda. Demain soir, quand la créature sortira pour se nourrir, nous le fouillerons de fond en comble.

119

— Il n'y a rien dans l'antre du Wennbar, hormis des os et de la puanteur, rétorqua Jasmine. Que cherchez-vous donc ?

Barda se leva avec raideur.

— Nous ne pouvons te le dire. Mais nous savons que *cela* a été dissimulé dans l'endroit le plus secret des Forêts du Silence et confié à la surveillance d'un terrible Gardien. Où pourrait-ce être, sinon là ?

À leur vive surprise, Jasmine éclata de rire.

— Que vous êtes ignorants ! s'écria-t-elle. Voyons, ce n'est qu'un coin minuscule à l'extrême lisière de cette Forêt-ci. Il y a trois Forêts en tout, et chacune recèle mille et un endroits plus dangereux et plus secrets que l'antre du Wennbar !

Lief et Barda se regardèrent de nouveau tandis que le rire de Jasmine résonnait dans la clairière. Et se brisa net. Ils se tournèrent vers elle. Elle fronçait les sourcils.

— Qu'y a-t-il ? s'inquiéta Lief.

— C'est seulement que... (Jasmine s'interrompit et secoua la tête.) N'en parlons pas maintenant. Je vais vous emmener dans mon nid. Nous y serons à l'abri pour discuter.

Ils progressèrent aussi vite que Lief et Barda en étaient capables. À mesure que la Forêt s'épaississait, ils ne s'éloignèrent plus des cimes, passant d'une branche à l'autre, s'aidant çà et là des lianes. Au-dessus de leurs têtes, ils distinguaient des morceaux de ciel semés d'étoiles. Kree voletait en avant, faisant halte pour les attendre quand ils étaient à la traîne. Filli s'agrippait à l'épaule de Jasmine, les yeux écarquillés et brillants.

D'instant en instant, Lief sentait les forces lui revenir. Il fut toutefois content lorsqu'ils atteignirent enfin l'abri de Jasmine. C'était bel et bien un nid – une grande corbeille faite de branches et de brindilles tressées, perchée au sommet d'un immense arbre tordu qui poussait dans une clairière moussue. La lune scintillait à travers le feuillage, le baignant d'une douce lumière argentée.

Jasmine pria d'abord Lief et Barda de s'asseoir puis leur apporta des baies, des fruits, des noix et la coque dure d'une espèce de melon emplie à ras bord d'une eau limpide et fraîche.

Lief, détendu, regarda autour de lui avec étonnement. Jasmine possédait peu de biens. Certains – un peigne édenté, une couverture en lambeaux, un vieux châle, deux minuscules flacons, une petite poupée sculptée dans le bois – étaient de poignants souvenirs de ses parents. D'autres – une ceinture, deux poignards, des silex pour allumer le feu, des pièces d'or et d'argent – provenaient des cadavres des Gardes

Gris que les Wenn avaient offerts en sacrifice à leur dieu.

Jasmine divisa avec soin la nourriture et la boisson en cinq parts égales, et réserva deux places pour Kree et Filli comme s'ils étaient bel et bien des membres de sa famille. Tandis qu'il l'observait, Lief s'aperçut, choqué, que les vêtements gris en loques qu'elle portait venaient eux aussi des Gardes de Del. Elle les avait recoupés à sa taille.

Il eut un haut-le-cœur lorsqu'il l'imagina dépouillant des victimes impuissantes et les abandonnant à la mort. Puis il s'efforça de se rappeler que les Gardes Gris avaient emmené ses parents – les avaient probablement tués ou, du moins, réduits en esclavage – et l'avaient laissée seule au sein de cette Forêt sauvage. N'empêche... son absence de pitié lui faisait froid dans le dos.

— Mangez !

La voix de Jasmine interrompit le cours de ses pensées. Il leva les yeux comme elle s'asseyait près de lui.

— La nourriture restaurera tes forces, dit-elle. Et celle-ci est bonne.

Elle se servit un étrange fruit de couleur rose et y mordit avec avidité. Du jus lui coula sur le menton.

« Qui suis-je pour la juger ? songea Lief. Elle vit de son mieux. Et Barda et moi lui devons la vie. Elle s'est mise en grand danger pour nous alors qu'elle aurait pu nous tourner le dos. Et elle nous a amenés chez elle pour partager ses provisions avec nous. »

Il vit que Barda avait entamé son repas et il l'imita. Jamais il n'avait goûté mets plus singuliers. Non pas tant parce qu'ils étaient fort différents de ceux auxquels il était accoutumé, que parce qu'il les mangeait à une telle hauteur au-dessus du sol, à la lueur argentée de la lune, sur une plate-forme qui oscillait au moindre souffle de la brise. Et qu'un oiseau noir appelé Kree et une bestiole à fourrure nommée Filli étaient attablés avec eux.

— Depuis quand vis-tu seule ici, Jasmine ? finit-il par demander.

— J'avais sept ans quand les Gardes Gris sont venus, répondit-elle en se léchant les doigts et en tendant la main pour prendre un autre fruit. Ils ont dû emprunter la route la plus longue depuis Del, car les Wenn ne se sont pas emparés d'eux. J'étais en train de remplir les outres d'eau au fleuve. Mes parents avaient cueilli des baies et des racines, et les rapportaient chez nous, à la cime des arbres. Les Gardes Gris les ont vus, ils les ont attrapés, puis ils ont brûlé la maison et les ont emmenés.

— Mais comment se fait-il qu'ils ne t'aient pas trouvée ? s'étonna Barda.

— Ma mère s'est retournée et m'a fait signe de me cacher dans les fougères. J'ai obéi. Je me suis dit que si j'étais docile et sage, ma mère et mon père revien-draient. Mais ils ne sont pas revenus.

Sa bouche se serra, les commissures s'abaissèrent. Cependant, Jasmine ne pleura pas. La jeune fille, son-gea Lief, n'avait sans doute pas versé de larmes depuis très longtemps.

— Tu as donc grandi seule dans cette Forêt ? s'enquit-il.

Elle hocha la tête.

— Les bons arbres et les oiseaux m'ont aidée, expliqua-t-elle, comme si c'était la chose la plus nor-male au monde. Et je me suis souvenue de ce que mes parents m'avaient enseigné. J'ai récupéré ce que j'ai pu de notre vieille maison – tout ce qui avait échappé aux flammes. J'ai confectionné ce nid et j'y ai dormi la nuit, à l'abri des créatures qui rôdent dans l'obs-curité de la Forêt. Et c'est ainsi que je vis depuis lors.

— Cette potion que tu nous as fait boire, dit Barda, grimaçant à ce seul souvenir, qu'est-ce que c'était ?

— Ma mère l'avait préparée voilà longtemps, à par-tir de feuilles semblables à celles qui poussent le long du sentier des Wenn. Elle a guéri papa de ses piqûres. Je l'ai également utilisée pour Filli, quand je l'ai découvert, bébé, prisonnier des Wenn. C'est comme ça qu'il est venu vivre avec moi, n'est-ce pas, Filli ?

La bestiole, qui grignotait des baies à côté de Jas-mine, babilla en signe d'assentiment. Jasmine sourit.

Son sourire, cependant, s'estompa vite tandis qu'elle se retournait vers Lief et Barda.

— Il n'en restait que quelques gouttes lorsque je vous ai trouvés, ajouta-t-elle doucement. Le flacon est vide, désormais.

— Ne peux-tu en refaire ? demanda Barda.

Elle secoua la tête.

— Le feu des Gardes Gris a tué les feuilles qui poussaient par ici. Les seules autres sont sur le sentier des Wenn.

« Ainsi, pensa Lief, elle n'a plus aucune protection. À cause de nous. »

— Nous te sommes profondément reconnaissants, Jasmine, murmura-t-il. Nous te devons la vie.

Elle haussa les épaules et balaya les noyaux de ses genoux.

— Et Deltora a contracté une grande dette envers toi, ajouta Barda. Car, désormais, nous pouvons poursuivre notre quête.

Jasmine leva les yeux.

— Si votre quête dans les Forêts vous mène là où je le pense, vous ne survivrez pas, répliqua-t-elle sans ménagement. J'aurais aussi bien pu vous abandonner au Wennbar.

Puis Jasmine haussa de nouveau les épaules.

— Mais je suppose que vous continuerez, quoi que je dise, soupira-t-elle en se mettant debout. Je vais donc vous montrer le chemin. Êtes-vous prêts ?

14

L'Obscur

Ils cheminèrent à travers la nuit, restant sur les cimes des arbres, tandis qu'au-dessous d'eux des créatures invisibles bruissaient, grognaient, sifflaient. Ils ne progressaient pas en ligne droite ; Jasmine, en effet, ne choisissait que certains arbres. . « les bons arbres », les appelait-elle.

De temps à autre, elle penchait la tête vers le tronc de l'un d'eux et semblait tendre l'oreille.

— Ils me disent ce qu'il y a devant, expliqua-t-elle à Barda qui l'interrogeait. Ils m'avertissent s'il y a un danger.

Et quand le colosse haussa les sourcils de surprise, elle lui renvoya un regard candide, comme si elle ne comprenait pas ses doutes.

Elle leur apprit peu de chose sur l'endroit où elle les emmenait. Elle affirma en ignorer presque tout.

— Je sais seulement qu'il est situé au cœur de la Forêt du Milieu, la plus petite, ajouta-t-elle. Les oiseaux ne s'y aventurent pas et ils prétendent que ce lieu est mauvais, interdit. Ils l'appellent « l'Obscur ». Il a un terrible Gardien. Ceux qui y vont n'en reviennent jamais et même les arbres le redoutent. (Elle se tourna vers Lief avec l'ombre d'un sourire.) Ne dirait-on pas le lieu que vous cherchez ?

Il hocha le menton et effleura son épée pour se donner du courage.

Le jour se levait quand ils traversèrent une petite clairière et pénétrèrent dans la Forêt du Milieu.

Les arbres ne laissaient filtrer que de rares rayons de soleil et il n'y avait pas un bruit. Pas un oiseau ne chantait. Pas un insecte ne bougeait. Les arbres et les lianes qu'ils empruntaient étaient eux aussi immobiles, comme si la brise n'osait troubler l'air humide et sombre.

Jasmine avançait maintenant avec plus de lenteur et de prudence. Filli, blotti dans son cou, avait caché sa tête dans ses cheveux. Kree ne les précédait plus en éclaireur ; il sautillait et voletait à leurs côtés, de branche en branche.

— Les arbres nous conseillent de rebrousser

127

chemin, murmura Jasmine. Ils disent que nous allons mourir.

En dépit de la peur dans sa voix, elle ne s'arrêta pas. Lief et Barda la suivirent à travers la Forêt de plus en plus touffue, sur le qui-vive, guettant le moindre bruit, le moindre signe de danger. Pourtant, il n'y avait rien, excepté du vert, et leurs mouvements brisaient seuls le silence.

Pour finir ils débouchèrent dans une sorte de cul-de-sac. De lourdes lianes sinueuses formaient un entrelacs infranchissable, étouffant les arbres, une véritable barrière pareille à un immense filet vivant. Les trois compagnons explorèrent à droite et à gauche, et découvrirent que le réseau végétal dessinait un large cercle, piège inextricable pour tout ce qui se trouvait pris à l'intérieur.

— C'est le cœur, souffla Jasmine.

Elle leva le bras vers Kree qui la rejoignit d'un coup d'aile.

— Descendons, dit Barda.

Jasmine secoua la tête.

— Il y a en bas un terrible danger, chuchota-t-elle. Les arbres sont silencieux, et ils ne me répondront pas.

— Peut-être sont-ils morts, murmura Lief. Étranglés par les lianes.

Jasmine secoua la tête derechef. Ses yeux étaient emplis de chagrin, de pitié et de colère.

— Ils ne sont pas morts. Ils sont ligotés, prisonniers. Ils souffrent le martyre.

— Lief, nous devons continuer, grommela Barda. (À l'évidence, les propos de Jasmine le mettaient mal à l'aise. Il la croyait folle à lier. Il se tourna vers elle.) Nous te remercions de tout ce que tu as fait pour nous, dit-il poliment. À présent, nous devons continuer seuls.

La laissant accroupie dans les cimes, ils entreprirent de gagner le sol de la Forêt, moitié descendant grâce à des prises, moitié glissant. Lief leva soudain les yeux. Jasmine les observait toujours, le corbeau perché sur son bras. De l'autre main, elle caressait Filli qui s'abritait dans ses cheveux.

Ils touchaient au but, à présent. Tout à coup, Lief sentit son cœur tressaillir sous l'effet d'une excitation mêlée de crainte. La Ceinture d'acier, dissimulée sous ses vêtements, devenait chaude, lui picotant la peau.

— Nous sommes au bon endroit, souffla-t-il à Barda. L'une des pierres précieuses est cachée à proximité. La Ceinture la sent.

Barda serra les lèvres. Lief devina ce que pensait le colosse : si la pierre était proche, un ennemi redoutable ne devait pas être loin. Comme la tâche aurait été plus facile s'il n'était pas encombré de Lief !

— Ne te tracasse pas pour moi, reprit le garçon, s'efforçant de parler d'une voix ferme et calme. Rien d'autre ne compte que de s'emparer de la pierre. Si je meurs dans l'aventure, ce ne sera pas ta faute. Tu devras retirer la Ceinture de ma taille et poursuivre seul, ainsi que tu l'as toujours souhaité.

Barda lui lança un bref regard et parut sur le point de répliquer. Cependant, il ne pipa mot et hocha la tête.

Ils prirent pied sur le sol de la Forêt, s'enfonçant jusqu'aux genoux dans les feuilles mortes. Il faisait sombre et le silence était total. Des toiles d'araignée nacraient le tronc des arbres ; des colonies de champignons, innombrables, formaient des taches sales. Une odeur de moisissure et de décomposition saturait l'air.

Les deux compagnons tirèrent leurs épées et se mirent à suivre lentement le mur de lianes.

La Ceinture devenait plus chaude autour de la taille de Lief. De plus en plus chaude... brûlante !

— Nous y sommes presque... souffla-t-il.

Barda lui empoigna le bras.

Devant eux, une ouverture béait dans le rempart végétal. En son milieu, se dressait une silhouette terrifiante.

C'était un chevalier. Un chevalier vêtu d'une armure dorée. Son plastron brillait dans la pénombre. Son casque était surmonté de cornes d'or. Il se tenait, immobile, aux aguets, une grande épée à la main. Lief étouffa une exclamation quand il vit ce qui était enchâssé dans la poignée de l'arme.

Une énorme pierre jaune. La topaze.

— QUI VA LÀ ?

Lief et Barda se figèrent lorsque la voix se répercuta en écho. Le chevalier n'avait pas tourné la tête, n'avait pas bougé d'un pouce. Pourtant, ils savaient que c'était lui qui les avait hélés, savaient aussi qu'il ne rimait à rien de ne pas répondre ou de tenter de se cacher.

— Nous sommes des voyageurs, venus de la cité de Del, cria Barda. Qui veut le savoir ?

— Je suis Gorl, Gardien de ce lieu et possesseur de ce trésor, répondit la voix rocailleuse. Vous êtes des intrus. Si vous partez sur-le-champ, vous aurez la vie sauve. Si vous restez, vous mourrez.

— Nous sommes deux contre un, murmura Lief à l'oreille de Barda. Nous réussirons sans doute à le vaincre en le prenant par surprise. Faisons mine de nous éloigner et...

La tête de Gorl pivota vers eux. À travers les fentes de son casque, ils n'entrevirent qu'obscurité. Lief sentit un frisson lui glacer l'échine.

— Vous complotez contre moi ! gronda la voix. Très bien. Votre sort est scellé.

Le bras couvert d'un gantelet d'acier se leva et fit un signe d'invite ; à sa grande horreur, Lief avança d'un pas chancelant, comme si on le tirait au bout d'un fil invisible. Il s'arc-bouta, mais la force était irrésistible. Il entendit Barda jurer tandis qu'à son tour le colosse titubait vers le bras dressé.

Ils arrivèrent devant le chevalier. Celui-ci les dominait de sa haute taille.

— Voleurs ! Idiots ! gronda-t-il. Vous avez le front de chercher à me dérober mon trésor ? Vous allez rejoindre ceux qui ont tenté l'aventure avant vous. Vos corps engraisseront mes lianes comme les leurs en leur temps.

Il fit un pas de côté. Lief, avec une fascination mêlée d'horreur, contempla les lianes à travers la brèche.

Le mur végétal, beaucoup plus épais qu'il ne l'avait imaginé, était constitué de centaines de lianes enchevêtrées. D'innombrables arbres étaient enfermés à l'intérieur des mailles. Le mur avait dû s'étoffer au fil des siècles, rayonnant à partir du centre à mesure que poussaient d'autres lianes, emprisonnant de plus en plus d'arbres.

À des pieds et des pieds du sol, les lianes passaient de cime en cime, se réunissant pour former un toit au-dessus du petit espace circulaire qu'elles protégeaient. On ne voyait qu'un minuscule bout de ciel bleu entre les feuilles touffues. Seuls quelques rares rayons de soleil éclairaient vaguement l'intérieur du cercle.

Autour du mur, recouverts de racines noueuses, se décomposaient les corps et les os d'une multitude de morts – les victimes du chevalier qui avaient nourri les lianes. Au centre du cercle, on distinguait une flaque d'une boue noire et épaisse, d'où s'élevaient trois hampes scintillantes semblables à des flèches d'or.

— Qu'est-ce que c'est ? haleta Lief.

— Comme si vous l'ignoriez, voleurs ! gronda Gorl. Ce sont les Lys d'Éternelle Jouvence, le trésor que vous êtes venus dérober.

— Jamais de la vie ! protesta Barda.

Le chevalier tourna sa tête terrible vers lui.

— Mensonge ! Vous voulez vous les approprier, comme moi jadis. Vous désirez recueillir leur nectar afin de vivre éternellement. Mais vous ne l'aurez pas ! J'ai trop bien protégé mon trésor ! (Il leva son poing ganté.) Quand les Lys finiront par fleurir et que leur nectar coulera, moi, et moi seul, le boirai. Alors je serai le chef des sept tribus, car nul ne pourra se dresser contre moi, et je vivrai à jamais.

— Il est fou, souffla Barda. À l'entendre, on croirait que les sept tribus n'ont jamais été réunies sous Adin. Que le royaume de Deltora n'a jamais existé.

Lief était au bord de la nausée.

— Je pense... je pense qu'il est venu en ce lieu avant ces événements, murmura-t-il. Il y est venu pour ces... ces Lys dont il parle. Et les Lys l'ont enchanté. Il est demeuré là depuis.

Gorl leva son épée.

— Entrez dans le cercle ! ordonna-t-il. Je dois vous tuer, afin que votre sang abreuve les lianes.

Une nouvelle fois, Lief et Barda s'aperçurent que leurs jambes obéissaient à la volonté du chevalier, non à la leur. Terrifiés, ils avancèrent en trébuchant vers la brèche dans le mur végétal. Gorl les suivit, l'épée brandie.

15

Les Lys d'Éternelle Jouvence

Il faisait sombre à l'intérieur du cercle. Les pointes des Lys en bourgeon constituaient l'unique tache de couleur chaude parmi le marron foncé ou le vert mat environnants.

Lief et Barda se tenaient devant le chevalier, réduits à l'impuissance – ils ne pouvaient bouger, ni se battre, ni prendre leurs jambes à leur cou.

Gorl leva plus haut son épée.

« Je dois me préparer à mourir », songea Lief. Pourtant, il ne parvenait pas à détacher ses pensées de la Ceinture qui lui entourait la taille. S'il mourait en ce lieu, la Ceinture reposerait, oubliée, avec ses ossements. Les pierres précieuses ne lui seraient jamais restituées. On ne retrouverait jamais l'héritier du trône de Deltora. Le pays resterait à jamais sous la domination du Seigneur des Ténèbres. « Cela ne doit pas être ! pensa-t-il farouchement. Mais que puis-je faire ? »

Puis il entendit Barda prendre la parole.

— Tu portes l'armure d'un chevalier, Gorl, commença le colosse. Or, tu n'es pas un vrai chevalier – tu ne combats pas tes ennemis avec honneur.

« Nous sommes déjà en très mauvaise posture, Barda, se dit Lief, terrorisé. Pourquoi risquer d'attiser sa fureur ? »

Mais Gorl hésita, et la grande épée vacilla dans sa main.

— Je dois protéger les Lys d'Éternelle Jouvence, rétorqua-t-il d'un ton maussade. J'ai compris quelle était ma destinée à l'instant où j'ai vu leur nectar ambré couler de leurs pétales, voilà fort longtemps.

— Mais tu n'étais pas seul, alors ? demanda Barda, la voix forte et assurée. Tu n'aurais pas entrepris en solitaire une quête qui menait aux Forêts du Silence. Tu avais des compagnons.

« Il essaie de distraire son attention, réalisa soudain Lief. Il espère que Gorl va relâcher son emprise sur nous s'il pense à autre chose. »

— Gorl, que leur est-il arrivé ? reprit Barda.

La tête du chevalier partit sur le côté, comme si le colosse lui avait donné un coup.

— Mes compagnons... mes deux frères... ont couru vers les Lys, maugréa-t-il. Et...

— Et tu les as tués !

136

La voix de Gorl se mua en une longue plainte stridente.

— Je le devais ! gémit-il. Je ne pouvais partager avec eux ! Il me fallait une pleine coupe de nectar. Ils auraient dû le savoir. (Il baissa la tête et se mit à arpenter l'intérieur du cercle en marmonnant.) Tandis que mes frères se battaient contre moi pour sauver leur vie, les Lys se sont flétris et le nectar s'est dilué dans la boue. Cependant, je n'ai pas perdu espoir. Les Lys étaient à moi, à moi seul. Je n'avais plus qu'à attendre qu'ils refleurissent.

Lief sentit son cœur bondir quand il s'aperçut que les fils d'acier de la volonté du chevalier se relâchaient. À présent, il pouvait bouger. Le plan de Barda avait fonctionné. L'esprit de Gorl voguait désormais à des lieues des deux compagnons. Il jeta un coup d'œil à Barda et le vit porter la main à son épée.

Gorl leur tournait le dos. De sa paume gantée de fer, il caressait les feuilles et les tiges sinueuses. Il paraissait avoir oublié leur présence.

— Quand les bourgeons nouveaux ont jailli de la boue, j'ai élevé mon mur autour, afin de les protéger contre les intrus, grommela-t-il. J'ai bien fait les choses. Sans mes soins attentifs, jamais les lianes n'auraient été si vigoureuses.

Barda adressa un signe silencieux à Lief, et tous deux commencèrent à converger vers Gorl, l'épée tirée. Ils n'auraient pas de seconde chance. Le combat ne pouvait être loyal. Ils devaient prendre le chevalier par surprise et le tuer avant qu'il puisse de nouveau les soumettre à sa volonté. Sinon ils étaient perdus, comme tant d'autres l'avaient été avant eux.

Gorl marmonnait toujours, flattant de la main les feuilles des lianes.

— J'ai coupé les branches des arbres qui avaient l'audace de résister à mes plantes, grogna-t-il. J'ai nourri les lianes du corps des ennemis – femmes, hommes, oiseaux ou animaux – qui osaient s'approcher d'elles. Et j'ai tenu mon trésor à l'abri. J'ai patienté longtemps, attendant que les Lys d'Éternelle Jouvence refleurissent. À l'évidence, mon heure ne saurait tarder.

Avec un cri féroce, Barda se fendit. Il pointa son épée sur le défaut de la cuirasse – le mince interstice sombre entre le casque et l'armure – et l'enfonça jusqu'à la garde.

À la vive horreur de Lief, le chevalier, pourtant, ne tomba pas. Poussant un grondement sourd, il pivota, arracha l'épée de sa nuque et la jeta au loin. Et alors que Lief criait sous l'effet du choc et de la peur, portant de vains coups d'épée contre l'armure, la main gantée du chevalier jaillit tel un serpent prêt à mordre, saisit Barda par le col et le fit s'agenouiller de force.

— Meurs, voleur ! siffla-t-il. Meurs à petit feu !

Et il plongea le fil de sa lame dans la poitrine du colosse.

— NON ! hurla Lief.

À travers un voile rouge de chagrin et de terreur, il vit Gorl retirer son épée et, d'un coup de pied, envoyer rouler Barda sur le sol avec un grognement de mépris. Il entendit le colosse gémir de souffrance, sa vie refluant de lui, aspirée par les racines des lianes. Puis Gorl se tourna vers lui et il sentit l'emprise d'acier de sa volonté prendre possession de lui.

Le chevalier leva une nouvelle fois son épée. Cloué sur place, Lief attendit la mort.

Puis...

— GORL ! GORL !

Le cri retentit très loin au-dessus de leurs têtes – aussi aigu et farouche que celui d'un oiseau.

Gorl rejeta la nuque en arrière et leva les yeux avec un grondement de fureur étonnée.

Lief regarda en l'air, lui aussi. Stupéfait, il s'aperçut que c'était Jasmine qui criait. Elle se balançait de la cime de l'un des grands arbres, les observant à travers la brèche du toit de lianes. Kree planait au-dessus d'elle, ses ailes noires déployées sur elle, comme pour la protéger.

— À cause de ta jalousie et de ton dépit, Gorl, tu as transformé le bien en mal en ces lieux ! s'exclama-t-elle. Tu as lié et réduit les arbres en esclavage. tué

139

les oiseaux – et ce, pour veiller sur un trésor qui ne t'appartient pas.

De son poignard, elle entreprit de cingler les lianes qui couvraient la clairière. Des feuilles déchiquetées commencèrent à voleter, semblables à de la neige émeraude.

Lâchant un rugissement de rage, Gorl leva les bras. Lief sentit ses membres se libérer quand le chevalier concentra toute sa force vers le haut – vers la nouvelle intruse.

— Cours, Lief ! s'écria Jasmine. Vers le centre ! Vite !

Il y eut un craquement formidable. D'instinct, Lief bondit et se jeta dans la flaque de boue pile au moment où la terre devant lui tremblait avec un fracas violent qui résonna comme un roulement de tonnerre.

Pendant ce qui lui parut une éternité, il demeura immobile, les paupières serrées, la tête lui tournant, le cœur près d'éclater. Enfin, il prit conscience d'une douce caresse sur son dos et d'une sensation de chaleur. Le souffle coupé, il se hissa à grand-peine sur ses genoux et pivota.

Ses yeux, si longtemps accoutumés à l'obscurité, clignèrent à la vue du soleil étincelant qui se déversait à flots dans la clairière depuis le ciel dégagé. Le toit de lianes avait été arraché, et feuilles et tiges continuaient à tomber telle une pluie crépitante. Là où Gorl et lui s'étaient tenus quelques minutes plus tôt, il découvrit la cause du cataclysme – une énorme branche abattue. Et, dessous, une masse d'acier doré écrasé.

Lief écarquillait les yeux, n'en revenant pas de surprise. La Ceinture devenait brûlante contre sa peau. Il regarda à terre et vit l'épée de Gorl à ses pieds. Presque distraitement, il la ramassa. La topaze, dans la poignée, brillait comme de l'or pur. Ainsi, se dit-il, rêveur, la première pierre à trouver était la topaze – le symbole de la loyauté.

Soudain, son esprit s'éclaircit. Il chercha du regard la pâle silhouette figée de Barda, reposant à l'orée de la clairière. Il s'élança, s'agenouilla près de lui, criant son nom.

Barda ne bougea pas d'un cil. Il respirait encore, mais à peine. L'horrible blessure saignait toujours. Lief ouvrit la veste et la chemise, s'efforça de nettoyer la plaie, d'endiguer l'hémorragie avec sa cape. Il devait faire quelque chose. Sauf qu'il savait que c'était inutile. Il était trop tard.

Jasmine se posa près de lui d'un bond léger.

— Barda agonise, dit Lief d'un ton morne.

Une souffrance terrible lui comprimait la poitrine. Un terrible sentiment de perte, de solitude, de gâchis.

— Lief ! entendit-il Jasmine haleter.

Il ne réagit pas.

— Lief ! Regarde !

Elle le tirait par le bras. Grommelant, il leva la tête

Jasmine contemplait le centre de la clairière, le visage empreint d'un respect mêlé de crainte. Lief se tourna pour voir ce qu'elle regardait.

Les Lys d'Éternelle Jouvence étaient en train de fleurir. Les flèches d'or de leurs bourgeons avaient éclos sous la caresse de ce soleil dont ils avaient été si longtemps privés. À présent, c'étaient des trompettes d'or, aux pétales joyeusement éployés, s'abreuvant de lumière. Et de leur cœur, un riche nectar ambré sourdait, débordait, se déversant dans la boue noire en un flot au parfum suave.

16

La topaze

Poussant un cri, Lief posa son épée et se releva d'un bond. Il courut jusqu'à la flaque de boue et plaça ses mains en coupe sous le jet de nectar. Quand elles furent pleines à ras bord, il retourna en hâte vers Barda, versant le liquide sur la blessure et lui enduisant les lèvres des quelques gouttes qui restaient.

Puis il attendit, retenant son souffle. Une minute s'écoula... Puis deux...

— Peut-être s'en est-il allé trop loin de nous, murmura Jasmine.

— Barda ! le supplia Lief. Reviens ! Reviens !

Le colosse battit des paupières. Ses yeux s'ouvrirent. Ils étaient hébétés, comme ceux d'un rêveur.

— Qu'y... a-t-il ? marmonna-t-il.

Tandis que ses joues commençaient à reprendre de la couleur, sa main tâtonna vers sa poitrine. Il s'humecta les lèvres.

— Mal... dit-il.

— Mais la plaie cicatrise ! siffla Jasmine, ébahie. Tu vois ? Elle se referme toute seule. Je n'ai jamais contemplé pareil prodige !

Fou de joie, Lief constata que la plaie, en effet, se réparait d'elle-même. Et alors qu'il observait, la cicatrice se mit à son tour à pâlir, jusqu'à ne plus former qu'une mince ligne blanche.

— Barda ! Tu vas bien ! hurla-t-il.

— Évidemment que je vais bien ! (Grognant, Barda s'assit, passa les doigts dans sa tignasse emmêlée. Il regarda autour de lui, interloqué, mais déjà égal à lui-même.) Que s'est-il passé ? demanda-t-il en se relevant. Me suis-je évanoui ? Où est Gorl ?

Sans dire un mot, Lief désigna de l'index l'armure écrabouillée sous la branche tombée. Barda y dirigea ses pas, les sourcils froncés.

— C'est son armure, déclara-t-il en lui donnant un coup de pied. Mais elle est vide.

— À mon avis, le corps de Gorl s'est réduit à l'état de poussière voilà fort longtemps, répondit Lief. Seules l'obscurité et... la volonté habitaient cette coquille. Cependant, une fois l'armure détruite, même cette volonté ne pouvait survivre. Elle ne pouvait survivre à la lumière.

Barda eut une grimace de dégoût. Il leva les yeux.

— Ainsi, une branche d'arbre est tombée et l'a achevé. Un coup de chance.

— La chance n'a rien à y voir ! s'exclama Jasmine avec indignation. J'ai dit au plus grand arbre ce qu'il convenait de faire, et il m'a enfin prêté l'oreille. Je lui ai promis que ses frères et lui seraient libérés des lianes s'il m'obéissait. Le sacrifice d'un de ses membres ne représentait pas un prix élevé à payer pour reconquérir la liberté.

Barda haussa les sourcils, incrédule. Lief posa la main sur son bras en guise d'avertissement

— Crois-moi, ce que dit Jasmine est la pure vérité, affirma-t-il. Elle nous a sauvé la vie.

— C'est toi qui as sauvé la vie de Barda, protesta encore Jasmine. Le soleil a fait éclore les Lys et...

Elle s'interrompit et se retourna vivement pour observer les Lys d'Éternelle Jouvence. Lief suivit son regard et nota qu'ils se fanaient déjà. De rares gouttes de nectar suintaient encore de leurs pétales flétris.

D'un geste prompt, Jasmine tira sur une chaîne qu'elle portait autour du cou. Un minuscule flacon fermé par un bouchon d'argent apparut de sous ses vêtements. Elle courut vers la flaque de boue et tint le récipient sous le flot presque tari afin d'en recueillir les ultimes perles ambrées. Puis elle regarda les Lys courber la tête et s'affaisser lentement dans la boue.

— Qui sait combien de temps s'écoulera avant

145

qu'ils ne refleurissent, dit-elle quand elle eut rejoint les deux compagnons. Mais du moins fleuriront-ils car le soleil va désormais briller sur eux. Et, d'ici là, j'ai un peu de nectar. Voilà, en vérité, un trésor précieux.

— En boiras-tu pour vivre éternellement ? la taquina Lief.

Jasmine secoua la tête.

— Seul un fou ferait un tel vœu. Et, ainsi que l'a dit Gorl, ces quelques gouttes n'y suffiraient pas. Toutefois, le nectar aura son utilité... comme la preuve nous en a été donnée tout à l'heure.

— Comment ça ? demanda Barda, perplexe.

— Il t'a ramené des rivages de la mort, murmura Lief. Je te raconterai. Auparavant...

Il prit l'épée de Gorl. La topaze géante sembla clignoter, puis tomba avec précision de la poignée dans sa paume. Lief eut un rire joyeux tandis qu'il la levait vers le ciel et que les rayons du soleil incendiaient sa surface jaune, la métamorphosant en or.

— Qu'est-ce que c'est ? s'exclama Jasmine. Est-ce cela que vous cherchiez ?

Lief se rendit compte, trop tard, que, dans son excitation, il avait trahi leur secret. Il vit Barda grimacer, puis hocher légèrement la tête – *Dis-lui-en un peu, mais pas tout.*

— C'est une topaze, symbole de loyauté.

Il plaça la pierre dans la paume impatiente de Jasmine.

— Certains prétendent que les topazes ont le pouvoir de... commença Barda.

Il s'interrompit, déconcerté. La clairière s'était assombrie d'un coup, comme si un nuage masquait le soleil. Une brume épaisse se forma, s'élevant en volutes. Kree jeta un cri rauque et perçant, Filli babilla avec nervosité. Les trois compagnons se pétrifièrent.

Une silhouette blanche et floue émergea de la brume. C'était une femme au doux visage souriant.

— Un esprit, souffla Barda. La topaze...

La brume tourbillonna. Puis une voix appela :

— Jasmine ! Jasmine, ma chérie !

Lief regarda Jasmine à la dérobée. Raidie, aussi blanche que la brume, la jeune fille tendait la topaze devant elle. Ses lèvres bougèrent tandis qu'elle contemplait la silhouette en face d'elle.

— Maman ! s'écria-t-elle. Est-ce... est-ce bien toi ?

— Oui, Jasmine. Quel bonheur de pouvoir te parler enfin ! Jasmine... écoute-moi d'une oreille attentive. Je n'ai pas beaucoup de temps. Tu as fait de bonnes choses, de très bonnes choses, même, depuis que ton père et moi t'avons été enlevés. À présent, cependant, tu dois faire davantage.

— Quoi ? chuchota Jasmine. Quoi, maman ?

L'esprit étendit les mains.

— Le garçon Lief et l'homme Barda sont des amis, et leur quête est juste, dit-elle d'une voix aussi ténue que le soupir de la brise. Elle libérera notre pays du Seigneur des Ténèbres. Leur tâche, toutefois, est loin d'être achevée, et il leur faudra parcourir encore des lieues et des lieues. Tu dois te joindre à eux – quitter les Forêts et partir avec eux – et les aider de ton mieux Tel est ton destin. Tu comprends ?

— Oui, chuchota Jasmine. Mais, maman...

— Je dois m'en aller, à présent, souffla la voix. Mais je veillerai sur toi, comme je l'ai toujours fait, Jasmine. Je t'aime. Garde le cœur pur, ma chérie. Ne perds pas courage.

Jasmine demeura immobile alors que la brume lentement s'estompait. Quand elle se tourna vers Lief et lui rendit la topaze, ses yeux étaient noyés de larmes.

— Quelle est cette magie ? siffla-t-elle avec colère. Quelle est cette pierre qui peut me montrer ma mère ?

— On dit que les topazes ont le pouvoir de mettre les vivants en contact avec le monde des esprits, répondit Barda d'un ton bourru. Ce n'était à mon sens que superstition, mais...

— Ma mère est donc morte, murmura Jasmine. C'est ce que je pensais. Pourtant, j'espérais que... (Elle serra les lèvres. Puis elle inspira à fond, redressa le menton, et regarda Lief et Barda droit dans les yeux.) Il semble que je doive vous accompagner quand vous quitterez cet endroit. Si vous voulez bien de moi. (Elle leva la main vers la petite bête à fourrure accrochée à son épaule.) Cependant, je ne saurais abandonner Filli. Et Kree me suit partout. Que cela soit clair.

— Bien sûr ! s'exclama Lief.

Puis, réalisant que Barda avait son mot à dire, il jeta un coup d'œil au colosse. Le cœur lourd, il le vit secouer la tête.

— Je dois me faire vieux, commença Barda. Ou peut-être me suis-je fêlé le crâne dans ma chute. Les choses vont trop vite pour moi. (Un sourire se dessina sur son visage.) Mais pas au point que je ne sache pas reconnaître une bonne idée quand j'en entends une ! (Il posa sa forte main sur l'épaule de Lief et regarda Jasmine.) Je ne voulais pas de Lief, au début... je l'avoue, poursuivit-il gaiement. Sauf que s'il était resté à Del, selon mes vœux, je serais mort à l'heure qu'il est, et la quête aurait tourné court. Je ne commettrai pas deux fois la même erreur. Si le destin a décrété que nous serions trois, qu'il en soit ainsi !

La Ceinture brûlait autour de la taille de Lief. Il la détacha et la posa à ses pieds. S'accroupissant, il plaça la topaze dans le premier médaillon. La pierre s'y ajusta sans peine et étincela, aussi pure et ambrée que le nectar des Lys d'Éternelle Jouvence, aussi chaude et dorée que le soleil.

Jasmine observa la Ceinture avec curiosité.

·— Il y a sept médaillons, remarqua-t-elle. Six encore sont vides.

— Mais l'un ne l'est plus, répliqua Lief d'un air satisfait.

— Tout voyage, le plus long fût-il, débute par un premier pas, déclara Barda. Et ce premier pas, nous l'avons accompli. Quoi que puisse nous apporter le prochain, nous avons une excellente raison de fêter l'événement.

— Je vais débarrasser les arbres de ces maudites lianes, acquiesça Lief, portant la main à son épée.

Jasmine sourit.

— C'est inutile. La rumeur a déjà couru que l'Obscur n'est plus.

Elle désigna le ciel du doigt. Stupéfait, Lief vit que les arbres ensevelis sous leur linceul de lianes étaient noirs d'oiseaux. Il ne les avait pas entendus – ils étaient trop affairés pour crier ou pour chanter. Ils déchiquetaient allégrement les lianes de leurs becs et de leurs griffes, travaillant avec une belle ardeur. Et d'autres encore ne cessaient d'arriver – des oiseaux de toutes sortes.

— Les rongeurs sont en route, murmura Jasmine. Ils aiment les racines et les tiges. Ils seront là dans moins d'une heure. Eux aussi prendront part au festin. D'ici un à deux jours, les arbres auront recouvré leur liberté.

Les trois amis demeurèrent un moment à contempler la scène étonnante qui se déroulait au-dessus de leurs têtes. Déjà, quelques branches étaient dégagées.

Affranchis de leurs liens pesants, les arbres redressaient avec plaisir leurs branches vers le ciel.

— L'endroit a dû être magnifique, autrefois, dit doucement Lief.

— Et il le sera de nouveau, répondit Jasmine. Grâce à toi. C'est une chance que tu sois venu ici.

Barda sourit.

— Je dois admettre que j'en ai douté un temps. Mais tout est bien qui finit bien. (Il étira ses grands bras avec lassitude.) Restons un jour ou deux, afin de réparer nos forces et d'assister à la libération des arbres.

— Et après ? demanda Jasmine.

— Après, répliqua simplement Barda, nous reprendrons la route.

Lief rattacha la Ceinture autour de sa taille. Son cœur débordait. Empli d'émerveillement, il éprouvait un sentiment de triomphe quand il songeait aux événements qui venaient de se dérouler. De l'excitation, aussi, de l'impatience, et un zeste de peur à la pensée des événements à venir.

Mais, par-dessus tout, il ressentait du soulagement et un bonheur indicible.

Ils avaient retrouvé la première des sept pierres précieuses.

La quête destinée à sauver Deltora avait bel et bien commencé.

Retrouve vite Lief,
Barda et Jasmine
dans le tome 2 de

LA QUÊTE DE DELTORA

Le Lac des Pleurs

Table

Cet ouvrage a été composé par
PCA - 44400 REZÉ

IMPRIMÉ EN FRANCE PAR BUSSIÈRE
à Saint-Amand-Montrond (Cher)

Dépôt légal : avril 2008
N° d'impression : 080389/1

Éditions
■ SCHOLASTIC

604, rue King Ouest
Toronto (Ontario) M5V 1E1 CANADA